河出文庫
古典新訳コレクション

春色梅児誉美

島本理生 訳

河出書房新社

目次

春色梅児誉美　5
あとがき　命がけの女たち　216
解題　佐藤至子　223

春色梅児誉美

一

米八

薄氷の張った田畑の裏にひっそりと五、六軒ほどの借家が立ち並んでいた。その中に引っ越してきたばかりと思われる一軒を見つけたあたしは、霜から守るために水仙《すいせん》花《か》にかぶせた破《や》れ笠《がさ》を思い出した。

こんなところではなにかと不自由しがちに見えるけれど、こんな風情《ふぜい》でも住めば都なんだろうか、と息を切らしながら考える。二十歳手前の若旦那さまは、以前は何一つ不自由のない身分の方だったのに。

こんなに風の強い朝にはいっそう寒さと不遇が身に染みてるに違いない。あたしはすぐさま戸の前に立って呼びかけた。

「ごめんなさーい……お邪魔、します」

「はい、誰?」

という声に

「やっぱり若旦那さまっ!」

感極まって障子を引いたものの、立て付けが悪くて軋《きし》むばかりでちっとも動かないのが歯がゆい。

ようやく中に飛び込んだあたしを、若旦那さまはびっくりしたようにぼんやりと見つめた。

今日のあたし――渋い鼠《ねずみ》色の縦縞《たてじま》の着物に、黒と紫の山繭《やままゆ》縞の縮緬《ちりめん》の鯨帯《くじらおび》を締め、下着はいっそう渋く粋《いき》に鼠がかった藍色の中形《ちゆうがた》縮緬、おこそ頭巾は手に持って、髪はてっぺんを潰した流行《はや》りの島田髷《しまだまげ》に。早く逢《あ》いたくて駆けつけた乱れは色気と取ってもらえるだろうか――が素顔の美しさを見せるように微笑《ほほえ》むと、懐かしさと恋しさで、目元にも自然と愁《うれ》いが滲《にじ》んだ気がした。

「米八《よねはち》か。どうして、ここが分かったの。おれ、夢じゃないかと思ったよ」

若旦那さまは起き上がって、座り直した。

「あたしはもう会えないかと思っちゃって、急いで駆けつけたものだから、苦しい」

鉄の味がこみ上げてきて、はしたないと思いつつ胸を叩《たた》く。

「喉が、引っつきそうなんだから」

あたしは、彼のそばに寄り添って座りながら、ふと
「なにか病気でもしてる？」

と顔を見て尋ねた。

「すごく痩せたし、顔色だって真っ青。いつから、そんなに体を壊してるの？」

「ここ半月くらいかなあ。大したことはないけどさ、なんか鬱っぽくて。それよりよくおれのことを知って、ここまで来られたな」

若旦那さまはうっすら涙ぐんで言った。

「心配しなくても、今朝《けさ》は法性寺《ほっしょうじ》の妙見菩薩《みょうけんぼさつ》様のところへ月のお参りに行くことになってるから大丈夫。あたしだって、あなたがこんなところにいるなんて夢にも思ってなかった。ちょっと前にね、見習いで通ってる女の子が本所《ほんじょ》のほうに住んでるって言うから、色々噂《うわさ》話を聞いてたの。そしたら、え、それ、若旦那さまのことじゃん、って思って。一緒に寝て色々詳しく突っ込んだら、その人には粋で素敵な奥様がいると

か、だけど女のほうが年上みたいだとか、その奥様も四六時中家にはいないとかで……なんか、よく分かんないけれど、聞けば聞くほど、若旦那さまだって気がして。その子にはあたしが訊《き》いたってことはきつく口止めして、今朝のお参りではなにがなんでも訪ねようって決めて、この十五日を楽しみにしてたんだ。あたしね、どうかまたあなたに逢えますようにって毎日お祈りしてたの。だから偶然、居場所が知れるなんて妙見様のおかげだよね。で……その奥様は今日はどこへ？」

「なに言ってんだ、奥様なんて。そんな噂流したのはどこの娘だよ？」

「家は八百屋だって言ってたっけ。まあ、そんなことといいでしょう。若旦那さまも今となっては、あたしのことなんてすっかり忘れちゃっただろうし。その奥様のことだって隠さなくていいけど？」

「隠すどころか、この落ちぶれたなりから想像してみろって。その娘の話だって、ちっとも意味分かんないよ。それより、家の様子はどうなってる？」

「家のほうは、もう大変。鬼兵衛《きへえ》さんの気持ちとしては、皆に旦那様って呼ばれたいわけ。だけどおかみさんが生きてた頃だって、しょっちゅう揉《も》めてたんだから、そんなふうに上手《うま》くいくわけないじゃん。それをなんのかんの言うから、三日に上げずに内輪揉めが絶えない。あたしだって、若旦那さまが養子に出たときから住み替えたいと思ってたけど、鬼兵衛さんって底意地悪いじゃない？　よけいに、米八は外に出さない、なんて言っちゃって。今日までなんとか我慢してきたけれど、あなたの居所も知れたし、それに」

とあたしは室内を見回してから、膝に涙を落とした。

「こんなひどいことになっているのを知って、まだ、あの家にいられるわけないじゃん。あたしは今日帰ったらすぐに住み替えを願い出て、婦多川《ふたがわ》へ、」

深川《ふかがわ》、と口にするのを憚《はばか》って、婦多川と言い換えてから

「婦多川へでも行って、しばらくは辛抱して、あなたの身を少しでも楽にしてあげる、ね」

と女の意地で言った。若旦那さまは始終塞いでいる。

「それにしたって、どうして養子に行った家が急に破産したの？」

「今から考えてみればさ、鬼兵衛と、養子先の前の番頭の松兵衛《まつべえ》がグルだったんだ。すぐに危なくなるのを承知で、おれを急養子にしたんだよ。そんなこととは露知らず入ってみれば借金の山。それもなにかの因縁あってのことだと覚悟して、鬼兵衛を保証人にして家から借りた百両を養子先の家に入れたものの、結局、損しただけ。おれは不束者《ふつつかもの》として家に出入りできなくなるし。なんといっても養家が破産後に、松兵衛

が、畠山様《はたけやま》に貸した五百両の証文《しょうもん》はくれる代わりに財産の百両から七十両をいただいて残りを他の者に分けます、自分は上方へ行きますので、と言ったきり姿を消したんだよ。それで二番番頭の久八《きゅうはち》が、親切にもおれの名代に畠山様のところに行ってくれたんだけど、もっとひどいことが起きたんだ。金は返してやるけど、前に松兵衛に売るように命じて託した残月《ざんげつ》の茶入れが梶原《かじわら》家に千五百両で渡ったらしいから、夏井丹《なついたん》次郎《じろう》へ渡す五百両を差し引いた千両を早く上納せよってさ。

それで久八がびっくり飛んで帰ってきて、相談中にお屋敷から役人衆まで来て……殿が御国へ戻る慌ただしさでうやむやになっていたが、夏井の家が破産したなら茶入れの件もいいかげんにしておけないから、松兵衛と主人の丹次郎は連れ立って参れ……て厳しく言い渡されて。久八の計らいで、おれはしばらく世間から隠れる羽目になったわけ。松兵衛は未《いま》だ行方《ゆくえ》知れずだから、久八も大変だよ。な、悔しい話だろう」

「ひどい！　完全な濡《ぬ》れ衣《ぎぬ》じゃん。でも、そうしたら今は誰が若旦那さまのお世話をしてるの？」

「世話は、長屋の衆か、一番はさっき話した久八のかみさんの妹かな。この近所で髪《かみ》結《ゆい》をしてるから、時々来てくれてるよ」

そう説明してから、ちらっとうかがうようにこちらを見たのが引っかかった。

「へえ。で、その女の人は」

あたしはわざと冷たく訊き返した。

「その人がどうしたって？」

「本当になんでもないって言い張るんだ」

「だから、なんもしてないって。こうしてる今もおれは心細いくらいだよ」

若旦那さまが涙を流したので、あたしはびっくりして
「若旦那さまってば、なんでそんな悲しいこと言うの。居場所も分かったんだから、どんなことをしても、あたしができるかぎりのことをして不自由はさせない。約束する。だから、気をしっかり持って、早く良くなってね」

そう明るく励ましながらも、惨めな様子が気の毒すぎてあたしまで泣きそうになって袖で顔を隠した。畳三畳の暮らしを女に同情されて泣かれるなんて、いくらお人よしの若旦那さまだってプライドが傷つくだろうから。

最近はそこまで羽振りは良くなくても、大町小見世《だいちょうこみせ》の唐琴屋《からことや》といえば吉原《よしわら》の中でも悪くないランクのお店だし、その若旦那だったらいくらだって派手に暮らしていていいはずなのに。

若旦那さまはこぼした涙を拭った。

「おれは人に迷惑をかけてる身だから。不自由は仕方ないよ」

「だからこそ、あたしはもうここから帰りたくないの」

「そんなこと言わなくても、また顔を見せてくれればいいから、な。遅くならないうちに帰りなって」

「だから、今日は遅くなっても大丈夫なようにしてきたんだって。奥座敷の花魁《おいらん》に徳さんの手紙を頼まれたから蔵前《くらまえ》まで持っていって、帰りに浅草の観音様と淡島《あわしま》明神にお百度まですることにしてあるんだから。よほど時間がかかってもおかしくないでしょう？　あ、そういえば火がないね」

あたしは気付いて、火打ち箱を探して火をおこした。

「薬を煎じておくから。土瓶ってどこ？」

「火鉢の脇だよ。生姜《しょうが》も盆の上にまだあるし」

若旦那さまは言いながら、枕元から薬を出した。

「これ？　だって土瓶の口が欠けてるのに」

などとからかってから、ここまで困窮しているのだと遅れて気付く。

「……ね、お医者さんは、どこの人？」

「どこだっけな。お浜《はま》さんが世話してくれた医者で」

「お浜さんって？」

「久八のかみさんの妹だって。たぶん、おまえの見習いの子がおれのかみさんだって誤解した。それよりおまえとおれの仲を知られるのは、ちょっとまずいな」

「そんなの誰も気付かないって。ところで、食べる物はある？」

「おれの飯は、昨夜《ゆうべ》向かいのおばさんが炊いてくれたからいいよ。米八こそ腹減ったんじゃないの。ここからだと、どこも遠くて出前できるところもないし困ったな」

「あたしはお昼まで若旦那さまの無事を祈って塩断ちしてるから、どうせなにも食べられないけど。あなたには美味《おい》しいものを食べさせてあげたいし、なにかあればあたしにって考えてたら……思い出した。これで」

あたしは包んだお金を取り出した。

「これで、ちょっとでも必要なものを買って。元気の出る物も食べてね。今日は朝参りくらいの気持ちだったし、本当に会えるかも分からなかったから大した額じゃないんだけど。そのうちに、また都合してくるから」

若旦那さまは申し訳なさそうな顔をしつつも、お金を受け取った。

「ありがたいけど、申し訳ないな。ていうか米八、もう帰っちゃうの？」

「まさか。遅くなっても大丈夫だって言ったじゃん。それより若旦那さまってば、髪がひどいね。今あたしが梳《す》いて結ってあげる。そうしたらちょっとは気分も上向きになるかもしれないよ」

と提案したら、若旦那さまはすんなり背を向けて

「さんきゅ。まだいてくれるなら、やって」

と頼ってきた。あたしは嬉々《きき》として髪に手を伸ばした。

「あたしの櫛《くし》でもいいよね。本当に髪もこんな、ボサボサで」

その髪のひどい引っ掛かりを手で感じた途端、胸が締め付けられて言葉が詰まった。

若旦那さまは振り返り

「なんで、米八が泣くんだって」

とからかうように笑った。だって、と喉の奥までこみ上げて、飲み込む。くずれるようにして彼の肩に縋《すが》る。

若旦那さまがあたしの手を取って引き寄せた。

「ごめんな」

と言ったので、驚いて

「どうして、若旦那さまが謝るの？」

とあたしは涙声で尋ねた。

「おまえのこと、悲しませてるから」

「そんなふうに思ってくれる?」

「思うよ。かわいそうに思うほど、かわいくなるけど」

彼は甘さの滲んだ声で、抱き寄せた。

あたしはそのまま彼の膝を枕にした。いくぶんか痩せたものの男特有の頑丈な膝を着物越しに感じながら、上目遣いに見た。

「願掛け一つ増やそうかな」

「おれの無事以外に、もう一つ?」

「うん。あなたと、ずっとこうしていられますようにって」

一瞬、間があってから

「おまえ、いつまで焦《じ》らすわけ?」

と若旦那さまは真顔で訊いた。あたしを今度は強く抱きながら。

「焦らすってなにが?　ちょ、くすぐったいって」

「くすぐったいわけじゃないだろ」

引き寄せたのか引き寄せられたのか判別がつかないまま、幼い兄弟がじゃれあうようにもつれると、わずかな吐息を漏らした後には男と女になって境界をなくした。
昼前でも薄暗い畳敷きの室内は、ほとんど外の物音が聞こえてこなかった。
目の前の男に会えなければ今頃お参りしているはずだったお寺の鐘だけが、ぼろぼろの壁越しに響いていた。

そういえば清少納言《せいしょうなごん》も、遠くて近きは男女の仲って書いてたっけ。あたしはそんなことを思い出しながら、着物を羽織り直したばかりの男を、ここに訪ねてきたときよりもずっと近く感じていた。

とはいえ、あたしはばかなのだろう。そもそも唐琴屋なんて色の楽屋みたいなところにいるくせに、いなくなった若旦那さまとの約束を守って美味しい縁談話も次から次へと断っているのだから。

内芸者とはいえ、吉原にいればそんなのはしょせん建前だ。だからこそ、ほかの男とは体を重ねないと誓うことで本気をしめした。それは若旦那さまの許嫁《いいなずけ》に対する意地も、もしかしたらあったのかもしれない。

若旦那さまの髪を梳《と》かしていたら、彼が顔を顰《しか》めた。

「米八。そこの薬、茶碗《ちゃわん》に注《つ》いで。胸が変にどきどきしてきた」

「そんなに？　ちょっと待ってね」

あたしは慌てて薬を持ってきた。

「大したことないよ」

とにっこり笑うので、ほっとして
「体が悪いときに、もっと悪いことするからでしょ」

とからかって笑い返した。

「知るか。あ、そういえば、お長《ちょう》はどうしてる？」

「お長さん？　あの子も大変そう。それに鬼兵衛さんがお長さんを狙ってるみたいなのっ。だから心配して気にかけてるんだけど、なにかにつけてあたしとあなたの仲を疑うものだから、やりづらくて」

「また鬼兵衛かよ。お長とは幼い頃から一緒に育った仲だから、よけいにかわいそうだな」

「そうだよね。幼なじみは特別な情が湧くっていうし。そりゃあ、かわいいよね」

「かわいいじゃなくて、かわいそうって言ったんだよ」

「だからって女としては見られないってわけでもないんでしょう？」

だんだん苛々《いらいら》してきたのに、若旦那さまはのんきに嬉《うれ》しそうな笑みを浮かべている。

「ばーか。すぐに怒ったら、なにも聞けないよ」

「どうせ、ばかです。お長さんっていう許嫁がいる若旦那さまに入れ込むとか、もし吉原が頭の悪さを競うところだったら、あたしなんて、すぐに太夫に成り上がれるほどのばかだよね」

「そこまで言うなら勝手にしろよ」

彼が突然、突き放すように言ったので、あたしは横顔をうかがった。

「なんで。怒ったの?」

「べつに怒ってねえよ。聞く気がないみたいだし。おれのことは放っておけよ」

「だって若旦那さまが、お長さんのことをかわいいなんて言うから」

「やっぱり聞いてない」

「かわいそうもかわいいも同じことじゃん! べつにあたしが悪いって言うなら、謝るけど」

「さあ。おれはもうどうでもいいよ」

と言い捨てられてそっぽを向かれたので、あたしはあっという間に心が折れて、今度こそ二度と会えなくなるんじゃないかと想像したら、ひどく切なくなって
「ね。ごめんってば。あたしが悪かったです……本当にごめんなさい」

と縋ると、振り返った若旦那さまは優しく笑っていた。

「分かったよ。いいから、さすがにこれ以上遅くなるとまずいから帰りな。おれのことは心配するなって。おまえも自分のお座敷があるだろう。がんばれよ」

そんなことを言われて、いっそうどうしていいか分からない。

「若旦那さまに優しくされたら、よけいに帰れなくなっちゃうじゃん。ねえ、これからはずっと心変わりしないでね」

「おまえもほんっとに心配性だな」

「不安なの。離れても、たまにはあたしのことを思い出して」

「思い出さねえよ、忘れる間がないんだから」

若旦那さまはしらっと名妓《めいぎ》高尾の言葉を引用した。忘れないから思い出せないなんて上手いけど憎いことを言ったものだ。だけどカッコ悪くてもばからしくても、いちいち言葉にして伝えなかったら、最初からなにもなかったことになりそうで。

「じゃあ、お長さんのことは思い出さないって約束してよ」

「ばかなこと言ってないで、そろそろ支度《したく》して帰れよ」

とふたたび笑われた。

「支度なんて、せいぜい着物を端折《はしょ》るだけだし。なにかほかにすることない？　そうだ、あたしが次に来るまでに必要なものがあれば、なんとかして使いを送ってよ。住み替えさえできたら、なんだってしてあげられるし。それにね、いい方法を思いついたんだ」

とあたしは喋《しゃべ》りながら、身の回りを片付けた。

「おまえ、とんでもないことして、かえって身動き取れなくならないように気をつけろよ」

「分かってる、臨機応変にやる。どんな汚いことだって苦労だって、若旦那さまのためなら……て、どうしてそんな顔するの？」

「急に心細くなって。ごめんな、帰らなきゃならないのは分かってるのに」

当たり前だ。こんなところに一人では淋《さび》しいに決まっている。あたしはとっさに「分かった。いっそ、このまま唐琴屋に帰らずに、二人でよそのところへ」

と言いかけたけど、すぐに宥《なだ》められた。

「そんなことしたら、鬼兵衛がよけいに住み替えなんかさせないって意地になるだけだろ」

「そう、だよね。万が一、若旦那さまにも迷惑がかかったら困るし」

「首尾よく事が進むに越したことはないから。おまえが大変なことになっても、今のおれにはなんの力もないんだし」

「うん。あたしだって、なんでもするとは言ったけど、二人の身が危うくなるようなことはしないから。じゃあ、そろそろ行くね」

立ち上がりかけて若旦那さまにしがみつき、まじまじと顔を見た。

「ん?」

「本当に浮気したら嫌だからね」

「分かってるから、寄り道するなよ」

「寄り道?」

「手紙をどっかに頼むことになってただろう。それ、おれが誰かに頼んでやるから」

「あ! そうだった。じゃあ、お願い。覚えててくれて、ありがとう」

とあたしは感謝して手紙を渡した。

「きりがないから、本当に、そろそろ行く」

履物に足を押し込んでいると、若旦那さまが戸口まで見送りに来た。

「あのさ。米八」

「なに?」

「まだ、なんか用事があった気がして……いや、いいや。急いで行けよ」

「うん」

大人しく頷《うなず》いて、障子の向こう側へ出た。

外は朝よりもいくぶんか日が照っていたけれど、寒々しい景色に変わりはなかった。

身動きできずに立ち尽くしていたら、引き戸の向こうから
「あいつ、頭巾忘れて……。困るだろうに。まだ遠くに行ってないだろうし、隠れてる身でなきゃ、追いかけてやれるのに」

と呟《つぶや》く声が聞こえてきた。

あたしはくるりと踵《きびす》を返して浅く呼吸しながら、引き戸を開けて呼びかけた。

「若旦那、ただいま」

「え、米八？　どうした、帰ったんじゃないのか」

「この先のお屋敷の近くまで行ってから、頭巾を忘れたことに気付いて、ていうか、頭巾なんてなくても良かったんだけど」

「けど？」

「若旦那さまの顔、もう一度だけ見たくて」

「そっか。じゃあ今度こそ頭巾持ってちゃんと帰れよ」

「うん、またね」

と別れようとしたとき、背後で小さく、ほんとにかわいいよな、と呟かれた。だけど振り返ったら今度こそ離れられない気がして、あたしは外へと飛び出した。背中でぴしゃっと振り切るように障子が閉まる。うるさい豆腐売りの声を聞きながら、冷たい風の吹く畦道《あぜみち》を駆けていく。ばかみたい、ともう一度、心の中で呟く。だけど恋をしてる人間なんて同じようにばかで、ばかなことをして、初めて自分にも他人にも心があることに気付くのだ。

本当の淋しいも悲しいも、あたしは恋から知った。それは苦しいことだけど、きっといつかなにかを救う気がするのだ。

此糸

九年なに苦界《くがい》十年花衣《はなごろも》、とはよく言ったものですね。

インドのお坊様が九年坐禅《ざぜん》し続けたとして、色と業《ごう》の栄える世界で生きるわたしたち遊女の物分かりと悟りに比べたら、どれだけのことを知ることができるでしょう。

そんな吉原でも繁盛していた唐琴屋の旦那さんとおかみさんが亡くなって、一人娘のお長お嬢さんは器量も気立てもいいとはいえ、今年十五歳でまだまだ世慣れていいないから、後見人である番頭の鬼兵衛の一人天下です。

あの男はずる賢いから、本家には如才なくいい顔をして、こっちでは好き放題振舞ってる。わたしたちの中にだって賢い者はいるけれど、さすがにお金で買われた身でたてつくなんてできません。昔は良かったたね、なんて年寄りみたいなため息をつくしかない。

わたし、此糸《このいと》と申します。この唐琴屋の花魁です。そんな感じがしない？　たしかに外部の者や家の中の者、茶屋、船宿やお針女にも言われます。

「花魁はこのへんでも指折りの美貌を持ってるのに、下品なところも威張ったところもないし、気前も良くて、本当にいい女ですよ」

と口をそろえて褒められるのは嬉しいけれど、わたしだって体を売って稼ぐ身の上。ちょっとちやほやされたからって、いい気になって威張るなんて情けない。遊女が心まで汚したら、綺麗《きれい》なところなんてなくなってしまいます。

少しずつ櫺子《れんじ》窓に置いた鉢植えの梅が咲き始めました。春を知らせるかわいらしい赤や白の暦が。とはいえ風はまだ冷たい。今日は紋日《もんび》物日《ものび》と言って、かならずお客を取る決まりになっている日です。新春着物の着始めと重なったから、午前十時を過ぎて起き始めた色街は朝日の紅《べに》が差して、たいそう見栄えがします。

　そんな華やかでにぎやかな朝に、わたしと米八は奥座敷にこもって相談事を終えました。

「……あたし、花魁のことは死んだって忘れません」

　米八が畳に手をついて頭を下げるので、わたしは気遣って言いました。

「米八ってば、そんなに泣いて。誰か来たら変に思われるでしょう。ちょうどみんなお風呂に行ったから、今のうちにささっと顔を直して下に行って。なにも心配いらないから。それより、バレないようにくれぐれも気をつけてね」

「本当に感謝します。だけど、藤《とう》さんがちょっとでも悪く言われるのが申し訳なくて」

「いいの、藤さんがああいう人だからこそ、わたしも見込んで頼んだんだから。わたしに任せておいて。今夜のうちに手紙をやって、あの人を呼びたいくらいだけれど」

　と言いかけたとき、廊下をおずおずと歩いてくる足音がしました。

「花魁、お長さんかな」

「みたいね。早く下に行きなさい。顔に出さないようにね」

　と言ったところで、障子が開く気配がして
「花魁、お座敷にいるの？」

お嬢さんがわたしに呼びかけながら、次の間に入って来たようでした。

「わたしならお座敷にいますよ。こちらへどうぞ」

と答えました。

お嬢さんがやって来たところで、わたしはすっと米八に厳しい視線を向けて
「そういうことだから、米八。お気の毒だけど、覚悟しておいてね」

そう邪険に言い放つと、米八も素早く不愛想になって
「もちろん、分かってしたことですし。責任くらいあたしで取れます」

と素っ気なく言い捨て、お嬢さんと入れ違いにお座敷を出て行きました。

「ほんと、口の減らない芸者ね」

わたしが悔しさを滲ませて言うと、お嬢さんが心配したように訊きました。

「花魁、なにがあったの？」

「つまらないことですから。お嬢さん」

「だって、優しい花魁が怒るなんて、よほどのことでしょう」

「それは、ほかのことならわたしもできるだけ争いたくないし、芸者だろうと新造衆《しんぞう》だろうと慎重にしたつもりです。でも、いくらなんでも、あの女。最低ね」

「ねえ、いったいどうしたの？」

「優しくしたのが仇《あだ》になったんです。わたしも、心底、舐《な》められたものね」

さすがに年は若くとも色の楽屋の一人娘。はっと察したように
「でも米八さんは前から、男嫌いだし堅いってまわりが言ってたのに」

と疑わしげに呟きました。

「あの男好きを、男嫌いだなんてよく言ったものよね。あの女の出方次第ではわたしだって考えますから。米八を出すか、わたしを出すか、きっちりカタをつけてもらわないと気が済まない。鬼兵衛さんが首を縦に振らなかったら、内証にだって居座ろうと思ってますよ」

とわたしは言い切りました。

つまりは、そういうことです。わたしの愛《いと》しい藤さんと米八が通じていたことにして、あの子を追い出すと見せかけて住み替えさせてやるのです。

米八が語った、以前は唐琴屋の養子だった丹次郎様の現状はひどいものでした。米八には自由に彼の世話をさせてやりたい、そう思って一芝居打ったのです。

「ふうん……そんなことが。分かんないな、米八さんも」

平静を装っているけれど、お嬢さんの口ぶりからはちょっといい気味だという心境が透けて見えました。許嫁の丹次郎様と米八がいい仲なのを薄々察していたのでしょ

う。わたしは心の中で、丹次郎様が二人いればいいのに、とため息をつきました。

「そういえばお話に夢中で、薬をあげるのを忘れてた。ごめんね、花魁、湯呑《ゆのみ》を出して」

お嬢さんは湯呑に薬を注いで、下に置いてから
「でもね、花魁。内証へ居座った末に出て行ったりするのは、どうか考え直して。そんなことになったら、私、心細くて耐えられない」

と涙を流して頼むので、わたしも切なくなって自然と涙が溢《あふ》れました。本来ならお嬢さんが奉公人であるわたしに頼み事なんてする立場ではないのに。

「本当にお嬢さんも、お気の毒に。おかみさんが生きていた頃とは、なにもかも違ってしまって。禿《かむろ》衆同然の格好でわたしたちへ薬を持って来てくれる姿があまりに不憫《ふびん》で」

わたしはそっとお嬢さんを膝に引き寄せて、涙を流しました。お客の前だったら演技で流すときもあるけれど、これは正真正銘、本物の涙。それくらい、わたしにも今のお嬢さんが気の毒で仕方なかったのです。

「花魁がそんなことを言うから、まるでお母様みたいに見えてきて、よけいに悲しい」

お嬢さんは大きな声をあげて泣きました。着物の裄《ゆき》が肩に縫い込んであるのを見るにつけ、まだ着物を小さく直すような少女が……とやり切れなさが募りました。

「本当に、一人ならまだしも二人そろってこんな境遇なんて、どっちも世話したくなるけど」

「二人？」

とお嬢さんが不思議そうに訊き返したので
「お嬢さんと丹次郎様のことですから」

とわたしはごまかして涙を拭きました。

「ところで、最近、鬼兵衛さんはどうですか？」

「私も本当に、どうしたらいいか分からない。鬼兵衛さんのものになるなんて絶対に嫌だけど、知らん顔してると、朝晩しつこくいじめられるし。おにいさまは、どうしてるのかな。私がこんなつらい思いをしてるなんて、きっと全然知らないだろうな」

きっと心の中では夫になる人と意識はしていても、小さいときから一緒に育った照れ臭さから、おにいさま、と呼ぶのがお嬢さんの幼くもかわいらしいところ。さすがにそこは無理してでも押しかけていく米八のほうが上手、と思いつつも、わたしは励ますために小声で囁《ささや》きました。

「そんなに苦しまないで。いずれ、この境遇から抜け出す方法もあるでしょうから。今は気分を切り替えてがんばりましょう、ね。禿や新造がお風呂から上がってくるから、そろそろ下へ。本当に心配しないで」

「ありがとう。じゃあ、そろそろ下に行くね」

とお嬢さんが次の間へ出ると、禿のしげりがばたばたと飛び込んで来ました。

「お長さん、こんなところにいたんですか。早く裏梯子《はしご》から降りてきてください。さっきから下のほうで呼んでますよ、あの意地も根性も悪いおっさんが恐ろしい顔をして。あたしは顔を見るのも憎いです、べーっだ」

「しげり、口のきき方に気を付けなさい。お嬢さん、早く下へ。大丈夫。なにも怖いことはないから」

とは言ったもののお嬢さんの顔は、本来なら家来に等しいはずの鬼兵衛に怯《おび》えきっていました。見ていられないほどいじらしい様子に

「叱《しか》られたらかわいそうだから、しげり、お嬢さんと一緒に下へ行ってあげて」

とわたしは言いました。

「……もし私がきつく叱られてたら、花魁も助けに来てね」

と言い残して、お嬢さんは不安げな顔で出て行きました。

「あんなにけなげな少女が、気の毒に。米八だってお嬢さんだってどっちも助けてやりたいのに、なんの因果でしょう」

ため息をつくと同時に、番頭新造の女郎が障子を開けて
「ずいぶん長風呂でしたでしょう？」

と訊くので、わたしはにっこり笑い返した。

「待ちくたびれるくらいにね。ところで、今、下でまた鬼兵衛さんの小言が始まってなかった？」

「いいえ、気が付きませんでしたけど」

と言うなり、禿のしげりが戻って来て
「花魁！　あの意地悪なおっさんがまたムキになって、お長さんに怒鳴ってますよ」

「まったく、よく飽きないものね」

とわたしがあきれると、女郎も眉を顰《ひそ》めました。

「またお長さんに言いがかりです？　かわいそうに。さぞ悔しいでしょうねえ」

「だから、わたしもちょっとは助けてあげたいと思ってるの」

と含ませて伝え、上草履《ぞうり》を履いて廊下へと出ました。

女郎が湯上がりの髪を簪《かんざし》で掻《か》きながら

「しげり、仕出し料理屋の献立表を持ってきて。それから昨夜、花魁が書いた藤さん宛ての手紙を巴屋《ともえや》まで持っていってよ。あと金杉《かなすぎ》の貸本屋が来たら、『翁草《おきなぐさ》』の後編と、『拾遺《しゅうい》の玉川』を頼んでおいて」

とてきぱき用を済ませた後に、部屋に一人きりになると

「さて、それじゃあ花魁に見つからないうちに」

とこっそりお茶をしていることだって、わたしはちゃんと知っているけれど、つまらないことで叱ったりはしないのです。

お長

ずどん、と駕籠《かご》が地面についたはずみで、私は簾《すだれ》をめくった。

細い月が照らし出す先には、かたむいた卒塔婆《そとば》が突き刺さっていた。それに、何基かのお墓。たぶんもう使われてないお寺も。山も里も遠くの影となって、風もなく、まったくひとけのない淋しいところにいた。

「ささ！　娘さん、降りて、降りて」

闇の中でかすかに虫の鳴く声だけがする。心細くなって、駕籠のまわりを取り囲む

男たちに
「長い距離をご苦労様でした。ここが……その、相模《さがみ》の国？」

と尋ねると、男たちはにやにやしながら口を開いた。

「相模の国はまだまだっすよ。でも、そんな仕事より金になるもん見つけちゃったんですよ。長時間あんたみたいなかわいい子を運んでれば、俺たち棒担ぎ組も元気になりますよ、棒だけにね！」

「なんとこの同楽寺《どうらくじ》には坊さんがいないときた。だから俺たちが今からあんたを囲んで極楽に行けるように、みんなで百万遍念仏唱えて拝むってわけだ」

「だから駕籠を降りろっ」

と簾を跳ね上げられ、私はびっくりして男たちの顔を見た。

「それなら……ここは廃寺？　そんなところで、お坊さんでも尼でもない私を囲んで念仏なんて」

「唱えられないとでも言うのか？　おまえ、まだ本当に子供なんだなあ。今時そんな世間知らずで察しの悪いことがあるかって。俺たちはおまえ相手に百万遍を勧めるって言ってんだよ。ほら、早く出ろ」

と腕を摑《つか》まれて引っ張り出され、私はなにがなんだか分からず怖くて泣き出してしまった。

「こんな暗いところにいきなり出されて、怖いです。百万遍なんて、私を相模の国に送ってから、ゆっくりしてください」

「泣いたって無駄だ。どうせ女のほうから抱かれたがるような色男はここには一人もいないんだから」

「結局、泣かれるわけですから。邪魔が入らないうちに、とっとと」

「泣かせるためにこいつを本堂へ、と。全員で担げ」

男たちが無理やり手を引いたので、ようやくなにが起きているのかを悟った。恐怖でふるえが止まらなくなって、私はひたすら泣いて訴えた。

「どうか、お願い、許してください。子供のくせに生意気なって思われるかもしれないけど、私、許嫁のおにいさまのために、神様に願掛けして弁天様に断《たち》ものしたんです。男の人の手にも触らないし三年は好きな人ができても近付かないから、おにいさまにまた会えますようにって。だから、どうかひどいことしないで、このまま見逃して」

「ああ、うん。なるほどね。そりゃあ、かわいそうに。ませた格好してても、まだ十四、五歳くらいだもんな。女にもなってない……てのが、よけいに燃えるんだよ、娘さん」

「今時、旅籠屋《はたご》の給仕の女だって飯の盛りもあっちのサービスも悪いのに、塩も振ってないような鮮魚が食えるなんて、そんなラッキーなこと」

「めったにないっすよね。本堂へ引っ張りましょう」

と取り囲まれて、私は歯の根も合わないふるえ声で叫びました。

「どうか心ある人がいたら助けて！　私、手を合わせて拝みます。だから、誰か、気付いて……」

夜露に濡れた葉のように、私の顔もいつしか大粒の涙でいっぱいになった。月を隠していた雲が晴れても、見渡すかぎりの田んぼ道が広がっているだけだった。

「拝むのは俺たちだっつうの。どうせ助からないんだから、言う通りにして、大人しくやられてりゃあ、そのうち終わるんだから」

「そうそう。慣れれば、そんなに嫌なものでも」

と袖を掴まれそうになるのを振り払って、めちゃくちゃに逃げながら
「お願いだから、許して。代わりに花魁にもらった五両をあげる。この着物も。私に残してくれるのは、花魁の紅《あか》い鹿子《かのこ》の肌着一枚でいいから。あとはぜんぶ。だから、そんなことするのは」

と訴えたものの、いつしか手足を取られて担がれて、乱暴な男たちに冷やかされて大騒ぎの中、軒の隙間から月影の差す本堂へと連れ込まれた。

どうして、こんなことになってしまったのだろう。もとはといえば、あの、やらしい鬼兵衛が多額の借金ごと唐琴屋を相続したのを恩に着せて私に迫るから、それを見かねた花魁の計らいで、逃げ出すことになって……。

以前、唐琴屋の番頭だった忠兵衛《ちゅうべえ》が相模の国の金沢の里で商人をしていると知って、偶然、花魁の親元も同じだったから両方に手紙を送って、長栄山本門寺《ちょうえいざんほんもんじ》へお参りに行く機会を狙って、金沢に向かう途中でこんなことに。

あの聡明な花魁も吉原からは出たことがないから、こんな悪い男たちが待ち受けているとは想像してなかったのかもしれない。まさか、こんな――。

残酷な午後八時の鐘が、ひとけのない里に響き渡っていた。

お寺の破れた戸を男たちは引き千切るようにこじ開け、寒々しい床に倒されて
「おまえら、勝手なことするなよ。順番はくじ引きだからな」

と男が藁《わら》で作ったくじを出した。私は鷲《わし》に捕えられた小鳥のようにふるえて食われるのをただひたすら待つしかなかった。

そのとき背後の暗がりから、そっと女の声で

「こっちへ来なさい」

と囁くものがあった。すっと手を引かれて、私は闇の奥へと身を隠した。

気付かずにくじを争っていた男たちを、ぱっと五、六人のべつの男たちが囲んだ。

手には棒を持っていて、素早く男たちに殴りかかり
「うすぎたねえ不良ども！　一人残らず引っ捕えてやるからなっ」

と言うと、くじ引きをしていた男たちはそれぞれに後ろ暗いところがあるのか、あっという間に逃げ出してしまった。

私はあっけに取られて、手を引いてくれた声の主を見た。

男気のある佇《たたず》まいは、破れ障子から月明かりが差した途端にぞくっとするほど美しい大人の女性へと変わっていた。髪に挿した櫛は鼈甲《べっこう》じゃなく、秋田檜《ひのき》で粋な好みを映している。

「ちょっとあんたたち。あいつらはとっくに逃げたんだから。そう力まなくてもいいんじゃないの？」

「だって、あいつら江戸っ子の風上にもおけない下種《げす》野郎どもですよ。おれたちを誰だと思ってんだか」

「逃げる背中越しによく聞けよっ。かたじけなくも尊くも、小梅のお由姐《よしねえ》さんの弟分

「そして、かわいいお嬢さん。小梅の里で人となり、瓦の煙にいぶされながら、女と見れば色事になる。業平《なりひら》の申し子にして梅のお由の一番子分といえば、この権八《ごんぱち》の竜吉《りょうきち》だぞ」

などと言い合う男たちに、ため息をついて

「まったく、あんたたちには呆《あき》れるよ。どんなときでも調子に乗ることを忘れないんだから」

「違いないですねえ、姐《あね》さん」

お由姐さんと呼ばれた女性が、私のほうを向いた。

「さぞ怖かったろうね。もう大丈夫だから安心しなよ。あたしは小梅の女髪結で、お由といって、まあ、ただのおせっかいなおばさんだよ。大願《たいがん》があって、江の島の弁天様に月参りしてるんだ。この世話焼きな性格から、若いやつらに姐御《あねご》なんてはやし立てられてね。ちょっとは自惚《うぬぼ》れてるうちに、本当に名が知れてきて、最近は負けたことがないんだよ。今日は江の島からの帰り道、道を間違えて、この森に迷い込んだ。それで、この寺に着いたときに、まさにあんたが危ないところだったってわけ。それで、すぐに若いやつらと相談して飛び込んだの。良かったね、無事で」

心底ほっとし、涙腺がゆるんでしまった私はお礼も上手く言えなかった。

ようやく落ち着いてから

「本当に、ありがとうございます。ようやく生きた心地がしてきました。あの……図々しいお願いでごめんなさい、良かったら私を」

「送ってほしいって？」

「はい。無理、でしょうか……？」

「そりゃあ心配はいらないよ。おまえの身の上も聞いて、送り先の処遇が良くないようなら、あたしの家に連れて帰るから。誰が来たって、どんなことを言われたって、正しく筋が通った事情があるなら、きっちりと後ろ盾になってあげるからね。こんな時間じゃあ宿もないだろうし。あんたたち、この子をしっかり囲んで守ってやるんだよ。やつらが仕返しに来ないように」

「そんな気概は、あいつらにはありませんよ。なんなら、このおれがおぶって差し上げましょう」

「兼《かね》さんや源《げん》さんには頼まないよ。栄《えい》さんか金太《きんた》か、次郎ならいいけどね。かわいい娘の番なんて、あんたに任せたらむしろ危なっかしくてしようがない」

笑いあっているうちに、ふたたび雲が出てきて闇が深くなった。

淡くやわらかな朧月夜《おぼろづきよ》の中、遠い里のかすかな影を頼りに、私たちはゆうゆうと森を抜けていく。

米八

控えの間に芸者が三、四人集まっていたので、あたしは梅次《うめじ》さんに声をかけた。

「梅次さん、どーしても、今の話のようにしておきたいの」

「そうね。悪いことは言わないから、そうしたら」

そばで眉毛を抜いていた政次《まさじ》が
「そんなこと言って、その場になると、やけっぱちになるくせに」

と水を差したので、あたしは笑いながら反論した。

「今日はみんなの意見に従って、上手に言うつもりだってば」

するとと梅次さんも真顔になって
「つもり、ばっかりじゃだめよ。でも私にも覚えがあるけどね。幸《こう》さんのときには、ねえ、まの字」

と政次に同意を求めた。

「そうよ、すごい手こずったんだから。大津屋のおかあさんにもお世話になって」

という話を聞いているうちに、あたしは帯を締めて支度を終えた。

「めの字。景気づけに、お願い」

と茶碗を出すと、梅次さんは火鉢の脇にあった土瓶を取った。

「これ？」

「じゃなくて」

「なんてね。察してるわよ」

梅次さんは燗徳利《かんどくり》を取り、あたしの湯呑になみなみと注いでくれた。

それをぐっと呑《の》むと、一瞬で胸が燃えるように熱くなった。宥めるように軽く叩いて、ふうと息を吐いてから、歯をかちかち鳴らし
「さ、そろそろ出かけてくる」

と宣言すると、まの字とめの字が
「上手くやりなね」

と励ましてくれたので、あたしはにっこりと笑って、部屋を出た。

足跡一つない雪景色が広がっていたとしたら、草履で最初の跡を残したくなるような仲町の裏通り。男の人も出会って一目で気に入った芸娼妓ならば、夢中になって自

分の跡を残すように長引かせ買い続けるのも、また心情。

そんな男と女で喧騒《けんそう》の絶えない婦多川の花街。船宿の二階座敷で二人きりだというのに、お酒もろくに呑まずに冴《さ》えない顔を突き合わせてるのは、あたしと藤さんくらいだろう。

「米八。そう意地を張るのも、どうだ。義理と人情を考えたら、俺にいい返事をしないってのはどうなんだ。とりあえず、一杯呑め」

藤さんがお猪口《ちょこ》を差し出したので、あたしは黙ったまま受け取った。

「どうぞ。お嬢様」

と藤さんは銚子《ちょうし》を取って笑いながら、お酒を注いだ。

「ここに生姜といくか。酒も一種の薬だからな」

煎じ薬に生姜を加えるのを真似《まね》て、肴《さかな》に添えた紅生姜をつまんだので
「はい、藤さん」

あたしも笑ってお猪口を差し出した。

「ようやく口をきいたか。骨の折れる女だな、おまえも」

あたしはお酌しながら言い返した。

「生姜だなんて、あたしには到底思いつかないことですから」

「そうやって、すぐに嫌味を言うから、がっかりさせられるのに……憎いのが長くは続かないのも不思議なもんだな」

「それはそうと、誰かほかにも芸者を呼ばない？　二人きりじゃあ淋しいから」

「またそうやって逃げようとする。そりゃあ、いくらでも呼ぶ分にはいいけどな、その前になにかしらの返事をしてもいいだろ。て、またこのくり返しか。俺もしつこいというか、これじゃあ、カッコがつかないぞ」

「そりゃあ誰が来たって、最初からするつもりの返事ならするし、最初からしないつもりの返事ならしないもんじゃない？」

と言ってるうちに下から
「はい、お肴が参りましたよ」

女中が大きなお盆を運んで来たので、藤さんがすかさず声をかけた。

「おい。良かったら、軽く呑んでいけ」

「ありがとうございます。米八さん、なんだか難しい顔をしてますね、どうしたんです？」

「どうもしない。ちょっとこのところ月のものが重かっただけ」

「そりゃあ、いけない。癖になるものですから」

と言い合うのを、藤さんが遮った。

「まあ、いいんだ。どっちにしたって米公は俺が来るとこういう反応になるんだ。て、またよけいなこと言ったな。すまない」

「いえいえ、藤さん。ありがたいことです」

女中は盃《さかずき》を返して、下に戻ろうとした。藤さんが、もう一杯どうだ、と引き留めたものの、下が忙しいもので、と言い残して立ち去る間際に、米八さん、と声をかけてきた。

目配せをして暗に藤さんへの態度が悪いことを伝えてきたので、あたしも気持ちを入れ替えて頷き、藤さんに向き直った。

「ありがとう。さ、藤さん。お酒の肴も来たから呑もう。あたしも呑むから、ね」

と茶碗を出すと
「ようやくおまえらしくなったな。だけど今日はもうよけいなことは言わないから、落ち着いて呑もう。さすがに茶碗はちょっとひどいぞ」

と優しく諭した。

「違うって。嫌なことを言われるからヤケ酒するわけじゃなくて。しばらく休んでて呑んでなかったから、これくらいがちょうどいいの。ほら、注いで、注いで」

「そういうことなら、米公の心任せに」

と藤さんはお酌をしてくれた。

「お酒好きって、死ななきゃ治らない乙な持病じゃない？」

にっこり笑って、ぐっと吞み干し
「藤さんは湯吞じゃあ、嫌？」

と訊き返した。

「もちろん、歓迎だ」

「良かった。さあ、どうぞ」

「酒と討ち死にするだけのことだ」

と藤さんは調子よく返してから、思い出したように訊いた。

「それにしても、よの字。おまえ、あっちにいるときは、そこまで吞まなかった記憶があるけどな」

「うーん、吞んでたような、吞んでなかったようなって感じ？」

「おいおい、これくらいのことは正直に返したっていいだろう。俺だって今日は大人しくなにも言わないつもりでいるのに、そっちからおかしくしたら、癪《しゃく》に障って、またこじれる」

「べつに、おかしくしようなんて思ってないけど。あたしはもともと根っからのわがままだし、そんなことは人様に言われるまでもなく、自分で分かってること。……だけど、ちょっと考えてみて。此糸姉さんはあの通りよく分かってくれる人で、だからこそ最初にぜんぶ打ち明けて、藤さんにもこんなことを頼んだの。親切は本当に嬉しいし、ありがたいけど」

あたしは言葉を切り、喉をきゅっと締め付け、涙を絞り出しながら

「……だからといって、藤さんに良い返事をすることはできないし、とはいえ頑固な態度ばかり取るのも悪いし。悩んで堂々巡りするばっかりで、どうしたらいいか分からなくて、あたし」

と喋っているうちに本当に切羽詰まってわあっと泣いてしまうと、藤さんは困り果てたように

「米八、そんなふうに泣かれたら俺も心苦しいだろ。しかも毎回同じ台詞《せりふ》だ。さすがに聞き飽きた。精進ものの献立みたいな決まり文句はいったん置いておいて、しつこい天麩羅《てんぷら》か、こってり脂の乗った鮪《まぐろ》の刺身みたいな返事が俺はほしいんだ。おまえもちょっとは婦多川の水に染まれ。俺のおかげで前のところから身抜けして、自分で金を取れる羽織芸者になれたんだろ。生意気なことを言っても、おまえなんか、まだま

だ屋根船に頭から乗る素人《しろうと》みたいなもんだ」

とたっぷり言葉を並べてから、キセルであたしの膝を突《つ》いた。

酔ってあたしを悪く言うのも、お金があって遊び慣れた藤さんだからこそ。でも、そんなふうに通《つう》ぶられると、かえって上手くいかないと思うんだけどな、と心の中で呟く。

あたしは膝をすっと寄せて
「藤さん、そんなに色んなことを大きな声で言わなくてもいいでしょう。静かに言えばいい」

と三味線《しゃみせん》を取って、爪弾き唄った。

午前六時の鐘を聴いた烏《からす》たちは
気をきかせて材木の上で楊枝《ようじ》を使う
午前六時の鐘を聴いたおばかさんは
気がきかなくて朝直し

化け物も引っ込む時分なんて諺《ことわざ》もあるくらいなのに。口説きの引き際や潮時も分からないなんて、藤さんは野暮か化け物にでもなってしまったのだろうか。
そういえば、と床《とこ》の間《ま》を振り返る。この家には似合わない一枚の掛け軸。だけど今
この状況には、ぴったり。
『口舌従来是禍基』
こうぜつじゅうらい、これ、わざわいのもと。
『物いへば唇さむし秋のかぜ』
こっちはもう訳すまでもないよね。

お長

「ゆくみずのながれと、ひとのみのさくが」
稽古で習った節を幾度もくり返しながら歩く。通りすがりの大人たちが、私の顔を見る。物珍しさもあるだろうけど、近頃では
「歳《とし》も十五なら、その顔も十五夜の月のごとく輝いて、唇なんて花のようだ。洒落《しゃれ》た三枡《みます》縞の着物に、つやつやした絹繻子《きぬじゅす》の帯を締めた姿の麗しいことといったら」

なんて褒められたりするので、気恥ずかしくなってしまう。

節を口ずさんで脇目もふらずに道を急いでいると、物思いにふけったような男の人がうつむき気味にやって来た。

擦れ違う間際に顔を見合わせて、呆然《ぼうぜん》とした。

「お長?」

「おにい、さま。なんで、こんなところでお目に」

「……いや、ほんとに不思議なこともあるもんだな。おれも色々聞きたいけど、道端だとあれだから、どこかへ、ああ。あそこに鰻《うなぎ》屋があるから、ひさしぶりに飯でも食おうよ」

私は有頂天の半面、照れくさくて燕口《つばくろぐち》の袋に顔を隠しながら、はい、と頷いた。

鰻屋の暖簾《のれん》をくぐると、中から女の人の声がして
「いらっしゃいませ。お二階へどうぞ。お煙草《たばこ》盆もよろしければ」

と愛想良く言われた。二階の座敷に上がると、窓の外はすっかり春めいて、多寡橋《たかはし》を行き交う人々でにぎわっていた。

「ほんとにおれ、あれ以来ずっとお長のことを心配してたんだよ。けど今日ここで会うなんて夢にも思わなかったからさ。なんで、このへんを歩いてたの? もう吉原に

はいないのか？」

「はい、おにいさま。ずいぶん前から」

「じゃあ、今はどこに。燕口の懐紙を持って歩いてるってことは、近所か。稽古はどこで？」

「この近所じゃなくて、私は小梅にいます」

「小梅？　そこからこっちまでいつも稽古に来てるのか？」

「ううん。銀座の、あの有名な女義太夫の宮芝《みやしば》さんが月に六回ほど近所のお屋敷にいらっしゃるから、そのときに節を直してもらっていて。普段は市原《いちはら》のお師匠さんのところへ通ってます。おにいさま」

「そっか。宮芝さんなら間違いないな。それじゃあ、市原から今日はどこへ？」

「今日は稽古の帰りに、小梅の姉さんの代わりに上千寺《じょうせんじ》様にお参りに行くところでした」

「小梅の姉さんっていうのは？」

おにいさまの質問の途中で、下女がお茶を運んで来た。

「鰻のほうですけど、いかほど」

「じゃあ、中くらいのを三皿焼いて」

「はい。お酒はいかがなさいます？」

「いや、飯だけでいいよ。それともお長、呑むか？」

「ううん」

と私がにっこり首を振ると、下女は一目見て二人を恋人同士だと思ってくれたらしく、梯子の手すりの際《きわ》に寄せてあった衝立《ついたて》をすっと私たちの脇に寄せ直してくれた。

下女の足音が階下に遠ざかると、そっとおにいさまに向き直った。あいかわらず、たくさんの女の人を虜《とりこ》にする美貌と愛嬌《あいきよう》を備えた笑顔をこちらに向けていた。

なぜだか、切なくなった。

「本当に、小梅にいることも、姉さんのことも、おにいさまは知らないのね」

唐琴屋での鬼兵衛の義理を忘れた仕打ちに耐えかねて、花魁の計らいで金沢へ向かう途中、乱暴な男たちに襲われそうになったのを小梅のお由さんに救われたこと。お由さんが吉原に理詰めの交渉の末、私を引き取ってくれたこと。妹分としてかわいがってくれていること。そんなすべてを思い出すたびに泣きながら打ち明けたら、おにいさまも涙を浮かべて私を抱き寄せた。

「ほんとに私、すごく怖かったし、たくさん悲しくてつらかった。それでも弁天様や祖師様に願掛けして、ただただ、おにいさまを好きでいたけど、おにいさまは私のことをきっと忘れてたんでしょう」

と訴えていたところに、蒲焼《かばやき》が運び込まれてきたので、私たちは離れた。

「お長、事情はよく分かったから。ひとまず熱いうちに食おうな。おれが飯をよそってやるよ」

「ううん、私がよそいます」

と慌ててお茶碗を取った。

「ひさしぶりだなあ、一緒にこうして飯を食うの」

おにいさまはしみじみと言い、蒲焼のしっぽのところばかりをわざわざ抜いて私にくれた。その気遣いが嬉しくて、私ははしゃいで鰻を食べながら
「おにいさまの家はどこなの？」

と尋ねた。

「おれのところは、家なんて呼べないようなところだよ。話すのもかっこ悪いくらいだからさ」

「どうして？　早く教えて」

と思わず甘えると、愛しそうな視線を向けてはくれるものの、ほんの仮住まいだから、と濁してはっきりと教えてくれない。

「それじゃあ、浜の宿《しゅく》か、花川戸とか」

「それは吉原の仮宅だから、おれは住めないよ。おれがいるのは中《なか》の郷《ごう》ってところ」

「え、それなら私が今いるところにすごく近いから、嬉しい。明日から毎日通う」

「それは、ちょっと難しいかな」

「なぜ？」

と私はきょとんとして訊き返した。

「なぜって、ほら」

「……女の人でも、いるの？」

と私は尋ねた。

「なに言ってるんだよ。あっちの家の風呂場よりも狭いくらいで、女を囲う場所なんてないよ」

「おにいさま一人なら、小さくてちょうどいいと思うけど」

というところへ、女中が残りの一皿を持ってきた。

「はい、これで注文はおそろいですね」

「お、そっか。じゃあ、もう一皿大きいのを焼いて」

「かしこまりました」

と女中は答えて下りていった。

「じゃあ、家では誰がおにいさまの食事や色んなお世話をしてるの？」

「長屋のばあさんだよ」

「私が行ってお世話をしてあげたいです」

と申し出たけれど、おにいさまはあっさりと首を横に振った。

「お長に大変な水仕事なんてできないだろう。それに男一人の家に若い女の子が来たら、悪く言われるだろうし」

「それじゃあ、私が行ったらだめなの？」

「……だめっていうわけじゃないけど」

「大丈夫なら、明日すぐにでも行きたい」

「明日は留守にしてる」

「留守でもいいから、私が行くのを楽しみに待っててほしい。せっかく楽しみに思ってるから今だけでも。ねえ、家にいてよ」

「留守でもいいから家にいて、なんておかしなこと言って。さあ、冷めないうちに食べろって」

「私、もうお腹いっぱい」

「なんだ、ほとんど食ってないのに。さ、茶漬けにでもして、もうちょっと食えって」

「おにいさまもたくさん食べて。これからは私のこと……もうちょっとはかわいがってくれる？」

「当たり前だろ」

「よく言う。私が色々苦労してたのも知らずに、すっかり忘れてたくせに」

「少しだって忘れたりしてないよ。いつかだってお長のことで、思いっきり責められて」

「え、誰に？」

「あ、と。誰だったかな。そうだ、鬼兵衛と夢の中でやりあったんだった」

「嘘《うそ》ばっかり。そうだ、私、おにいさまに会ったら話すことがあったんだった。おにいさまが……ひいきにしてた米八さん。とんでもないことしたんだから」

おにいさまが
「なにがあった？」

と訊き返したから、内心ちょっと得意になって
「此糸花魁のお客さんの藤さんと関係を持ったのがバレて、大騒ぎになった末にとう

とう住み替えに出ちゃった。大変な騒ぎだったんだから」

と私は説明した。

「そっかあ。まあ、此糸もそうじゃないと納得しないよな。それにしても山のように出前でも焼いてるのか、ずいぶん煙たいな。おれ、白焼きの臭いは苦手なんだよ。それを考えるとやっぱり山谷《さんや》はいいな」

「うん。裏も広いし、二階建てじゃないから、煙が来なくて」

「ちょっと障子でも開けるか」

とおにいさまは表の障子を開けた。身を乗り出して手すりを握り、通りを見下ろした途端、表情が固まった。私がなにごとかと思って、障子まで駆け寄ると
「あれ、若旦那さまじゃん！　まだ家に帰ってなかったの？　今ね、お客さんを送ったら梅次さんと一緒に戻るところだから、ちょっと待っててよ」

と見覚えのある女の人がにっこり笑って、酔っ払った男と連れ立って多寡橋へと去っていった。

私はおにいさまの顔を見た。

「……おにいさま。今のって、米八さんだよね？」

「米八……だったか。おれにはちょっと分かんなかったけど」

おにいさまは言い訳をしながら、そろそろ帰るか、と露骨にそわそわして立ち上がった。私はひどく情けない気分になって、さっきまでの嬉しい気持ちがいっぺんに萎《しお》れてしまった。

「帰る、けど。べつに隠さなくてもいいのに」

そう呟いたら、涙がぽろぽろ膝に落ちてしまって、袖を唇にくわえて言葉を溜《た》め込む。

「なに泣いてんだ、この子は」

おにいさまが慰めるように肩を叩いたので、私は、べつに泣いてない、と首を横に振った。

「泣いてるって。さ、顔を拭いて」

と手拭いを差し出されて、私はおにいさまの顔を恨めしげに睨《にら》んだ。だけど許嫁といってもまだ体も重ねていないおにいさまを責めて愛想を尽かされてしまうのは怖かった。

「さ、あんまり遅くなったら大変だろ」

「……大変じゃないけど、お邪魔みたいだから帰ります」

「まったくこの子はさあ、ひさしぶりに会ったのに、拗《す》ねるなよ」

「もう拗ねない。代わりに、なにがなんでも明日はおにいさまの家を訪ねるからね」

「それなら昼過ぎに来るといいよ。午前中は留守にしてるから」

私は頷いて、そういえば明日は十五日だったな、と思い出す。よく米八さんが妙見菩薩様に朝参りしてたような……。

「おい、勘定頼むよ」

とおにいさまが手を打った。ほかにお客もなくて小さな店だから、下まで声が届いてすぐに下女が来た。

代金を払ってもらって二階から下りようとしたら、おにいさまの顔色が心なし悪かったので、食事のお世話をしてあげたいと思い直した。

まさかおにいさまの病気が治ったのも、身の回りの不自由がなくなったのも、すべて米八さんからの仕送りのおかげだなんて、このときの私は想像もしていなかった。

二

米八

鰻屋の階段を上がりかけたあたしはびっくりして、足を止めた。よりにもよってお長さんが若旦那さまと肩を並べて下りて来たから。お長さんもあたしに気付くと、かわいい顔をさっと赤らめて涙袋を膨らませた。怒ったような、泣きたいような顔になる。

あたしは、どういうこと、と詰め寄りたい気持ちをぐっと堪《こら》えて、若旦那さまににっこり笑いかけた。

「丹さん。待っててって言ったのに。なんだかずいぶん早く帰りたいみたいだけど」

親しさをさりげなく醸しつつ、お長さんの目を見て

「お長さんもひさしぶり。ずいぶん綺麗になって、背も伸びたんじゃない？　なんならもうどこへでもお嫁に行けるくらいに」

そう喋りかけながら若旦那さまの様子をうかがう。彼はしらっと言った。

「本当に、しばらく見ないうちに大きくなったよなあ。今そこで会ったときなんて、危うく見逃しそうになったもんな」

「見逃すってことはないんじゃないの？　お長さん、男の人なんて、こうだから。い

ざってときに頼みになるようで頼りにならない。ね、梅次さん」

と若旦那さまに嫌味を言いつつ、あたしは梅次さんに同意を求めた。

「それはそうだけど、なんでも女の心持ち次第じゃない？　ま、自分が惚《ほ》れたなら、ほかにも惚れる女がいるってことだから油断できないけどね」

あたしたちは言い合いながら、二人を座敷へと引き戻した。

お長さんはさすがに若いから、皮肉交じりの当てこすりに表面だけでも合わせて取り繕うことなく黙ってしまった。いじめすぎたかな、と不安になっていたら、お長さんはようやく気を持ち直したように
「ごめんなさい。私はただ、ずっと逢ってなかった人に会うと胸が詰まって、なんて言っていいか分からなくて黙ってるだけで」

と泣きそうになりながら精一杯、下手《へた》な愛想笑いをして見せた。さすがに良心が痛む。

「謝る必要なんて、ないけどね。それより吉原のほうはどう？」

という質問を、若旦那さまが遮った。

「そのうち話すとして、とにかく今は米八、梅次さんに早く酒でも頼んでやれよ」

「私のことはおかまいなく」

と梅次は即答した。

「さっき注文しちゃったし」

などと言い合っていたら、出来上がった鰻とお酒が運ばれてきた。

これもなにかの縁と盃を交わしながら
「それで、お長さんは今どうしてるの？」

とあらためて訊くと、口の重たいお長さんに代わって、若旦那さまが語り始めた。

鬼兵衛さんに毎日のようにいじめられて、それを見かねた此糸花魁の計らいで吉原を脱出するも乱暴な男たちに危うく犯されかけて……というくだりでお長さんが涙ぐんだので、あたしもさすがに気の毒になってしまった。

「それは、大変な苦労だったね……本当にひどい目に。でも鬼兵衛さんが勝手な真似をするのを見ているよりは、まだ良かったのかもね」

そう慰めながらも綺麗になったお長さんを見ていたら、また気持ちが尖ってきた。

二人はもともと許嫁なんだし、下手すると若旦那さまを取られてしまうかもしれない。

本人だって、まんざらでもなさそうだし。

こうなったら先回りしてすべて暴露してしまおうか。二人が義理の気持ちから身動きできなくなるように。たとえそれでお長さんが行き詰まったって、変に隠して後手に回るよりは……とあたしは頭の中で組み立てて結論づけた。

そうと決まれば、とお長さんにさっそく盃を差して誘った。

「良かったら少し呑《の》まない？」

「うん。じゃあ、少し注いで」

お長さんは悪びれることなく雇い人の口調で頼んだ。あたしが唐琴屋の使用人だったときの癖が残っている。

「本当にお長さんも大変な苦労をしたみたいだし、ひさしぶりに再会できたのに、こんなことをぶしつけに言うのはなんだけど……今ではあたしも婦多川で一人前の芸者になったの。自分で言うのもなんだけど、こちらの梅次さんやほかの人たちとも打ちとけて仲良くしてもらってるのもあって、押しも押されもせぬ身の上なわけ。それで、若旦那さまの重ね重ねの不幸せについては、あたしの口から言うことじゃないから、慎むけど」

みんながあたしの顔を見つめているので、つかの間迷ったけれど、思い切って口火を切った。

「そもそも吉原にいた頃から、あたしと若旦那さまは深い仲だったわけで。こちらで自前芸者になってからは、一緒に暮らしてないだけで、お座敷に出ている間も、心は夫婦同然なわけ」

強めに表現したのは、恋もろくに知らないお長さんなら、それだけで心が折れるだろうと思ったから。

「なにもかも、なんておこがましいけど、あたしの手の届くかぎりは若旦那さまをお世話して差し上げてるの。貢いでるってほどじゃないけど、懐《ふところ》が淋しければそれもね。聞いてて思ったけど、お長さんも今は色々と遠慮してる身なんでしょう。良かったらお長さんの分のお世話まで、あたしがしましょうか？」

と大きく出ると、お長さんもむっとしたように、恋している女の意地を見せてきて

「それは、親切にありがとう。だけどうちで使っていた芸者に、おにいさまと二人そろって世話になるわけにはいかないから。私もこれからはがんばって、少しでもおにいさまの手助けができるようになります」

などと言い出したので、あたしは反射的にばかにして笑ってしまった。

「若旦那さま、お幸せじゃん。二人の女に尽くされて」

と嫌みをぶつけ、困っている彼に畳みかけるように

「そうそう。若旦那さまに言い忘れてたけど、仲町の裏通りにちょうどいい家があったから、すぐに越してきてよ。中の郷はあたしが行き来するには遠いし、色んな意味

で不用心でしょう。今日帰ったら、その足で家の中の物を買いそろえちゃうから」

と言い切ると、爆発寸前のあたしを宥めようと思ったのか、梅次さんが口を挟んだ。

「ちょっと、穏やかじゃない喋り方しないで。私たちだって素人じゃないんだから、下手な嫉妬はやめなさいよ。場が気まずくなるでしょう、丹さん、その子を連れて先に帰って」

「そうそう、そうだった、女の子一人で家を出たんだから心配してるだろうし、早く帰ろうな。じゃあな、米八。梅さんとゆっくりしていってくれよ」

なんて調子良く逃げようとするから、あたしは悔しくてたまらず
「あっ、そ、早く帰れば。お長さん、また会いましょうね」

と口先では言ったけど、内心では失敗したという後悔が激しく押し寄せる。犬骨折って鷹《たか》の餌食、とはまさにこのこと。たくさんの疑念と不安が頭にうずまく。梅次さんはああ言ったけど、恋に素人も玄人《くろうと》もない。

「はあい……さようなら」

お長さんはあたしたちにまとめて挨拶すると、さっと二階を下りていった。あたしは続いていく若旦那さまの背中をつねって
「とっとと帰れ、浮気者」

と怒りをぶつけると、梅次さんが冷静に言い添えた。

「もういいじゃない、あんな子供相手に」

振り返った若旦那さまは苦笑いして、手に負えない気違いだな、と呟いた。

「どうせあたしは気違いです！」

くわえていた楊枝を投げつけてやった。毒を食らわば皿までとばかりに声を落とす。

「お長さん、どうせなら迷子にならないように手でも引いてもらったら？」

「いいかげんにしろよ」

若旦那さまはぼやいて梅次さんになにか囁いてから、本当にお長さんと連れ立って鰻屋を出ていってしまった。

「あー、悔しい！　むかつく」

と畳に突っ伏すと、梅次さんはあきれたように言った。

「あんな子、まるでお子様じゃない。妬《や》くほどのこともないわよ。あんたって普段はわりと頭が切れるのに、丹印《じるし》のことになるとどうかしちゃうんだから。たいがいになさい」

「それじゃあ、あたしの気が済まない」

「ばかみたい。丹さんだって、あんたの顔を潰すようなことはしないわよ」

「そうだとは思うけど、お長さんは意外と賢いから油断できないの」

「はいはい」

と梅次さんはお猪口を出した。

「それ呑んだら、切り上げるわよ。今日はあんたのせいでお酒呑んでもちっとも楽しくない」

「ごめん。なんで、こんなに好きになっちゃったんだろう」

「あんたの愚痴だかのろけだか分からない話はもう聞きたくない。たくさん」

梅次は首を振りつつも冗談だというふうに笑ったので、あたしはほっとした。

「まあ、私たちは芸者だから色事が本業じゃないにしても、男と女の情事一般のことはだいたい分かってるつもりでも、心底好きになれば愚かなこともしちゃうわよね」

「ほんとに。前は人のことを笑っていたけど、自分も同じことしちゃってる。恋愛ってそういうもんだよね。きっと」

梅次さんは手拭いをさっとあたしの膝に掛けた。

「なにしてんの？」

「あんたがあんまりのろけるから、そのうち、よだれでも垂らすんじゃないかと思って」

「ちょっと！　梅次さんまで、あたしをばかにして」

「さ、元気になったみたいだから、出るわよ」

お供の男に勘定をさせて、二人でああだこうだと囁き合いながら帰り道を歩いた。

あたしたち、傍《はた》からは素人に見えなくても、ちゃんと貞操もある。

そういえば前にお座敷で、糸竹《いとたけ》にみさほの節は有りながら手折りやすげに見ゆる唄《うた》女《ひめ》、なんて詠んだ客がいた。

そしてあたしたちを管弦にたとえておいて
「いい音で鳴くんだろ」

などと言う。本当に男って分かったような顔をしながら、まるで分かってない。

お長

「お長。なんでそんな泣きそうな顔してるんだよ、機嫌直せって」
おにいさまが肘を出したので、私は両手でしがみついた。
まさか米八さんとおにいさまがそこまで深い仲だったなんて。ショックでどうして
いいか分からない。米八さんに当てつけられても、おにいさまは否定してくれなかっ

たし。

　今だって物思いにふけった顔をして、足取りも遅い。米八さんと離れられない関係だっていうことは子供の私にもありありと伝わってくる。

「おにいさま」

　と思わずこぼすと、なに、と彼は訊き返した。

「本当に、おにいさまはひどい」

「どうして?」

「だってさっき私が米八さんのことを訊いても知らないふりしたのに、いつの間にか夫婦になってたなんて」

「べつにそんな話じゃなくてさ、おれが生活の工面もできずに、病気にまでかかって困っていたときに、米八が住処《すみか》を見つけてやって来て、色々世話を焼いたんだよ。その流れでつい」

「つい夫婦になったわけ……?」

「だから、夫婦なんてほどじゃないって」

「それでもいずれは一緒になるって約束したんでしょう」

「いやいや。おれは夫婦になるつもりはないよ」

「それじゃあ、おにいさまは誰と」

と私が尋ねると、にわかに笑みを向けて
「おれのとなりには、米八の十倍もかわいくて魅力的な子がいますから」

などと言った。私は頬を赤らめながらも、どこにいるの、と訊き返した。

「ほら、ここに」

とおにいさまが力を込めて強く抱き寄せてくれたので、びっくりしながらも嬉しくなって、私は二の腕にしがみついて、にっこり笑いかけた。

二人ではしゃいで戯れながらひとけの途絶えた道を歩いていると、横小路からいきなり
「鍋ー、釜の修理はいかがーっ」

と呼び声がしたので、私たちはそそくさと左右に分かれて割下水《わりげすい》へと向かった。

架かった石橋のように固い二人の絆《きずな》を実感しながら渡る。暖かな日差しに田畑の薄氷も溶けて、すべてが眩《まぶ》しくやわらかな春の午後を小梅の隠れ家に向かって、人目を憚り距離を取りつつも、心の中ではおにいさまとぎゅっと手をつないで駆けていく。

米八

船宿の二階座敷にいた藤さんは横になって、誰かが置いていった扇をふと広げると
「若鮎《わかあゆ》や釣らぬ柳へはねてゆき、か。いったいこれは誰の扇だ。柳に引っかかるのは鮎ばかりじゃなく、餌もない針へかかる芸者や女郎が次から次へと」

とぼやいた。それから、上がってきたばかりのあたしの顔を見た。

「お、米八。今日はずいぶん機嫌がいいじゃないか」

「そうね、酒でも無理に参らずば、とでも言っておきます。藤様」

なんて言っているうちにばかばかしくなって、あたしは鼻で笑った。膝から、どん、と座る。藤さんもそうとう酒がまわっていたのか、少し声を高くした。

「それなら米八お嬢さん。今日はまず、その突っかかるような言い方をやめてもらおうか。そんな言い方するから、俺だって言い返すことになるんだ。いつでも下手《したて》に出てみりゃあ、舐め放題、舐めやがって。面白くもなんともない。口を開けば客の俺をあしざまに言う。そんなことで反省する藤さんだったらな、はなから小舟に乗り移りはしないんだよ。女にだってべつに不自由もしてない。自惚れのご本尊とはおまえのことだ。このばか野郎」

あたしは、あら、こわい、とだけ返して、床の間の柱に寄りかかった。藤さんはますます苛立ったように

「おい！　だから、澄ました態度はやめろ」

と怒鳴った。

「藤さん、そんなに大声出さなくても聞こえるってば。そりゃあ、藤さんほど酸いも甘いも噛《か》み分けた通なお人なら、女日照りもないでしょう。でもあたしみたいなばかな自惚れには、丹さんほど尽くしたいと思う男は一人もいないの。一人か、その半分くらいはあったところで……あの義理と、この義理と」

と思い出したら、また涙が溢れた。

「藤さんの申し出はもったいないほどでも、花魁と丹さんへの義理を考えると」

なかなか上手く言葉が続かず、それでも

「だから、男日照りを許してください」

と言い切って顔を隠した。藤さんはしばらく迷ったように黙ると

「……おまえ、また奥歯に物が挟まったような言い方して、やり過ごす気だな。危ない、危ない。いくらおまえが利口に喋ってみせたところで、よく聞け。俺はな、泥も混じらねえ金という名の餌をつけ、そこに義理と恩の重りも掛けておまえを釣り上げ、

吉原での年季奉公から自前芸者へと河岸《かし》を変えさせたんだぞ。針ならぬ張りと意気地の婦多川花柳《かりゅう》界に、たいそうな面《つら》でもないおまえを出してやり、わずかな収入で命をつなぐ継棹《つぎざお》になれたのは誰のおかげだと思ってる。まな板の鰻みたいに今さらびくびくわめいたところで、手向かいなんてできやしないぞ」

と責め立てた。

「いくら、ごたごたした埋め立て用地の六万坪町が近いからって、藤さんまでごたくを並べるのはよしたらどう？」

そう言い返した瞬間、藤さんは刺激されたようにばっと癇癪《かんしゃく》を起こして

「いいかげんにしろ！　このアマ」

とキセルを振り上げたので、あたしは既《すんで》のところで身をかわした。

「それほど憎いなら、打《ぶ》つなり殺すなりすればいいじゃないっ。これほど正直に話したってまだ分からないんだったら。ああ、じれったい。ここで藤さんに殺されるほうがいっそ、あたしには良い巡り合わせかもね。この家も儲《もう》かるだろうし」

「なんだと。まさか、内済金《ないさいきん》まで狙ってんのか。ずうずうしいにもほどがあるな。乞《こ》食《じき》じみた丹次郎とつながってるせいで、身につけた詐欺師のような根性。それも修業だって言い切るつもりか」

などと揶揄《やゆ》されたので、今度はあたしがかっとなる番だった。

「藤さんやめて、そんな穢《けが》らわしい言い方。あたしはなんて言われてもいいけど、愛しい丹さんの名誉に傷をつけないで。あなたに対して怒るなんて、どんなに失礼かは承知の上で、たとえ殺されてもそれだけは譲れません。そもそもあたしが殺されたら家が儲かるっていうのは、べつの意味。ここの柱で米八が殺されたと評判になれば、義理と実意の板挟みで苦労する人が柱を削ってお守りにすることも多々あると思って。そのときはあたしも信女《しんにょ》と名を披露して、極楽で所帯を持てるってわけ。そのお世話ついでに藤さんには冥土の店請《たなうけ》も頼んじゃおうかな」

愛想を尽かされてもかまわない、とばかりに生意気な悪態を並べ立て、手酌で湯呑になみなみとお酒を注いで呷《あお》ると、藤さんは心底あきれたようだった。

「もう、ものも言えねえよ」

とぼやいたときに、船宿のおとうさんこと文蔵《ぶんぞう》さんが梯子を上がってきた。五十歳を二つ三つ過ぎてもさすが土地柄、老け込むことなく団十郎縞のどてらを着て紫の平織りの細帯を締めて、重たそうな白いキセルを袖で包むように持っている。

「どうも、藤さん。調子はいかがでしょうかね」

「おお、チャンか。近頃、いつ来ても会えなかったからな」

「はい。近頃ちょっと遠くの講釈を聞きに行ってましてね」

「そうか。どこまで？」

「木挽《こびき》町の寄席《よせ》へ。良斎《りょうさい》をはじめ最高の面子《めんつ》で昼夜共に大入りですよ」

「そうなのか、しかし、ちょっと遠いな」

「おとうさんも、良かったら、お酒をどうぞ」

あたしはさっとお猪口を出した。おとうさんが、はいよ、と受けてそのまま下に置くと、藤さんが立ち上がった。

「チャンは、ゆっくり呑んでいきな。俺はちょっと多賀《たが》町まで行ってくるから」

おとうさんは驚いたように訊いた。

「なにか、私が悪いことでもしましたかね？」

「そうじゃないの、悪いのはあたしだから」

「いいか悪いかは知らないが、おまえはなにかと言えば義理一辺倒だ。自分が通したい義理は勝手に通して、俺への義理はどうするつもりだ。無理と分かってても男の意地で、会えば変な調子で惑うのが悪かったと、俺も何度か思い直してみたものの、その、いけすかない綺麗な顔に生まれたのがおまえの不運だ。だけど、もう言わねえよ。俺が帰ったら、野暮ではあるが、チャンにゆっくり話してみろ。まんざら俺ばかりが無理を言ってるってことにはならないだろうから。さて、帰るとするか」

「ねぇ、ごめんなさいってば。いつも通り機嫌直して帰ってよ」

「あれまあ、旦那。もうちょっとゆっくりしていかれてはどうです?」

「帰りにまた寄るさ。なんだかおかしな感じになったからな。まるであの『辰巳婦《たつみふ》言《げん》』の藤兵衛だ。名前も同じで、役回りも同じ恋敵《こいがたき》ときた。金を使ってまで嫌がられ、分からない男だと言われるのも、きっと星の巡り合わせが悪い年なんだろう……なんて言うのもばかばかしい。じゃあ行ってくるよ」

藤さんが去ってしまうと、さすがにあたしも男心が分からないわけではないし、親兄弟ですら及ばないほどの親切は、あたしをかわいく深く想《おも》ってくれているからこそで、だけどそもそもは此糸花魁の思いやりから始まったこと。だけど自前芸者になれたお金は藤さんの……考えれば考えるほど行き詰まり、さすがのあたしもいっそ死んでしまいたくなった。

「米八ちゃん。おれは詳しく知らないけど、ちらちらとは耳に入っている。でもまあよく考えるといい。このご時世に、藤さんのように実意のある人はそうそういない。かといって、我田引水のようなことは言わねえ。あんたが上手く世を渡っていけて、藤さんの気も済むような上手い方法があるといいんだが」

「おとうさん……本当に、ありがとう。あたしも色々と考えてはいるんだけど」

「まあ、藤さんのことが嫌なら仕方ないよ。だけど、これほど厚く世話してくれたお方だ。あんまり意地になったら愛嬌がないどころか、恩を仇で返すようなものだ。まあ、おれに任せたらいい。なにかいい手立てがあるはずだから」

と言い聞かせてくれている間に、次の客の迎えが来てしまった。

「でも、藤さんが戻ってきたらどうしよう」

「藤さんなら、今日は来ないだろう。もしおいでなすったら、おれがいいように言っておくから。だから今日はもうお帰り」

申し訳なさと、胸にこみ上げる感謝の気持ちでいっぱいになりながら
「それなら、お願いします」

とあたしは頭を下げた。

「よしよし、承知したよ」

実の親のように相槌《あいづち》を打つおとうさんは、さすがに客と芸者のもつれには慣れた様子だった。船と船をつなぐ縄が絡めば、さっと解く。仲裁もあたしへの指図も如才なく、潮の差し引きを見ながらの臨機応変の対応と上手な舵《かじ》の取り方は、船宿の主《あるじ》ならば当然かもしれないけれど、いざというときに頼りになる数少ない男の一人なのだ。

お長

こととはん心とも見ぬ憂中《うきなか》にまさる恨《うらみ》をたへ忍びつつ、なんて言いたくないけれど、つい、そんな気持ちにもなってしまう。

お由姉さんが家を留守にしている間は喋る相手もいなくて、いっそうよけいなことばかり考える。

おにいさまに逢いたいと思うほど、かえって逢えない憎さが募ってきて、私はくよくよと悩んでいた。

米八さんなんて私の家の使用人だったのに、今ではおにいさまのお金の世話をしているというだけで、あんなにわがまま放題で。おにいさまだって、仕送りをもらっている身では米八さんを捨てるなんてきっとできない。

どうしたら私がおにいさまの生計を立ててあげられるだろう、と思案に暮れていたら、見慣れない若者が二、三人訪ねてきて戸を開けた。

「ごめんよ、あれ。姐さんは留守か」

「はい、今日はちょっと遠くまで出かけていて。なにかご用ですか？」

「ほかでもないが、ここの姐御は女伊達《おんなだて》で色々人の世話をしてるから、ひょっとすると、おたずね者の丹次郎をかくまってるかもしれない、尋ねてこい、と代官所から厳しいお達しがあった。たとえこの家にいなくても、どこか近所に隠して姐御が世話してると聞いて、捕えに来たんだ。しかし、俺たちが言い付かったのは幸いだ。たとえあいつが縄目に及んでも上手く言い訳してやれる。そういうわけで、娘さん。姐さんは留守でも、おまえが丹次郎の居どころを知ってるだろう」

と言われてびっくりして

「いえ、ちっとも。お由姉さんも私も、そんな人は」

と隠そうとしたけれど、ぐいと詰め寄られた。

「知らないわけがないだろう。おまえは丹次郎の許嫁で別れ別れになったものの、ついこの前、偶然に会って話したことまで知れてるんだ」

「そんなこと言われても、知らないものは知りません」

「どうしても知らないと強情を言うなら仕方ないな。たとえかわいらしい娘さん相手でも、縛って言わせるまでだ」

「それでも、私」

「まだ隠す気かっ」

と三人は一度に飛びかかってきて私の手をひねり上げ、声を荒らげた。

「このガキが！　おぼこそうな顔でしらじらしい嘘を抜かすとは、ずうずうしい。早く丹次郎の行方を言わないと」

いっそう手をねじり上げられて、痛さに涙が溢れた。

「やめて、どうか許してください」

「じゃあ、丹次郎の居どころを言うか？」

「なんと言われても、私、丹次郎という人の居どころなんて知りません。痛いっ、どうぞ許して」

「たとえ吠《ほ》え面をさらしても、男の居どころを言わないんだったら、かわいそうだがおまえも同罪だな。お役人様がおいでになったらさぞ怖かろうと、情け心で俺たちが来てみれば、強情にも知らないと言い張る。なら仕方ない。これからお代官様のところへ引きずっていって、したたかに責めて白状させてやる。とはいえ畠山様の一件は千五百両という大金ではあるが、一部でも都合をつけることができれば、残りは日を延ばすこともできないわけじゃない。しかし丹次郎を大切に思って、金の工面をしようという人間は、めったにいないだろうよ……て、いやいや、よけいなことを言った。さあ、お代官所で言い訳してもらおうか」

私が引っ立てられそうになっていると、外の通りにはお役人様によって縄をかけられたおにいさまが立っていた。混乱しているうちに目明《めあか》し二、三人の男が通りすがり

「おーい！　この通り、丹次郎は見つかったから、関係者への御沙汰《ごさた》はまた後の指示を待ってからにする。その女は家に残して、おまえたちも来い」

という声に、涙を振り払って見たおにいさまは惨めな縄目姿。苦しいのと恥ずかしいので胸が詰まってしまい

「おにいさま……」

と駆け出ようとしたら

「おい、なにをする気だ。罪人のそばへ寄り付くなら、おまえも同罪だぞ」

胸を突き飛ばされた私はあっけなくよろめいて、道の真ん中に倒れてしまった。その隙におにいさまは役人たちに引っ立てられて、あっという間に連れ去られてしまった。

「待って、待ってください。おにいさま、丹次郎様！」

と一生懸命声を張り上げていたら……

「ちょっとちょっと、お長、お長坊。目を覚ましなよ。悪い夢を見たのか、ずいぶんうなされてたけど」

と真夜中に呼び起こされて、私ははっとした。

お由姉さんに添い寝されていた私の全身は汗びっしょりで、ひどく気持ちが悪かった。

「お由姉さん、ごめんなさい。大きい声を出したみたいで」

「そうだよ。大きな声で、おにいさま、おにいさま、と二度叫んだから、あたしも目が覚めたんだよ」

と聞かされて、あまりに恥ずかしかったので
「そんな、変なこと言って。嘘ばっかり」

と口では言いつつも、動悸《どうき》は未だにおさまらない。

「変なことじゃないよ。そもそもあたしはお長坊と不思議な縁で姉妹になって、本当の妹みたいに思ってるからこそ、一つの布団で眠ってるんだ。遠慮せず無理を言ったり、わがままだって受け入れてやるよ。それなのに、どうしておまえは心を開いて話さないの?」

「え、なんのこと?」

私は不意を衝《つ》かれて訊き返した。

「しらばっくれてたら、こっちだって恨みに思うね。今、寝言で言ってた丹次郎さん

だけど、中の郷で日陰の身で貧しく暮らしている。それも女の仕送りで、なんとも頼りないときた。その上、最近ではまとまった金がなければ畠山様の大金の一件でいよいよ大変なことになるらしいじゃないか。よけいなお世話かもしれないけど、他人の苦労を我が身に代えても助けたいのがあたしの信条なんだよ。とはいえお金のことばかりは、なかなか思い通りにはいかない。それでも丹次郎さんの身に迫った苦労を救うのが女の操《みさお》ってものだ。心の誠の見せどころじゃないの、お長坊。今が女にとって大事な思案のつけどきだよ」

そう畳みかけるように言われたので、私は圧倒されて、おろおろと泣き出してしまった。

「そんな話、私、全然……それなら今の夢は、正夢」

動揺した勢いで夢の話をお由姉さんにすると、うんうんと、何度か頷いて

「一刻も早くお金をこしらえたいものだけど。じれったいね」

と口惜しそうに言われた。

「お由姉さん。いっそ、私がこの身を売って」

と思い詰めて口にすると、お由姉さんはすっと遮った。

「それじゃあ、あたしが後見人の鬼兵衛とやらにした約束を破ることになる。なによ

り、おまえの肌を汚すなんて、女伊達と言われるあたしの名が廃《すた》るよ。まあ、明日の朝になればなにかいい知恵も出るさ。それに丹次郎さんの話もあたしは噂で聞いただけだから。詳しいことはおまえが直接訪ねていって訊いたほうがいいかもね」

嬉しさと心細さが半々で布団の中でくよくよしているうちに、午前六時の鐘が鳴っていた。

さっぱりして粋な小梅という名の土地にも、じつは瓦焼が多い。朝はよく煙が立ち、朝霧まで立ちこめている。そんな風景のようにけぶる胸を抱えて私はお勝手に立った。仏前でいずれは夫となるおにいさまの無事息災と、末永く一緒にいられますよう祈る。米八さんもいるのに傍から見たら惨めだろうな、とか、そもそも欲深くてごめんなさい、なんて考えながら。

布団に戻ったら、お由姉さんが呟いた。

「一りんの梅に雪ふるじれったさ、なんて言うけどね」

黙り込んでいる私を励ますように続けた。

「うららかな春をかぞえん雪の梅ってね」

戸の外に立っていた私を見て、おにいさまはのんきに尋ねた。

「お長。ずいぶん朝早いなあ。おれなんか今起きたばっかりなのに。どこに行くって言って出て来たの？」

私は胸を摩《さす》りながら、畳に腰を下ろした。

「本当に、すごく急いで来たの。ああ、切ない」

「だから、なんでそんなに急いで来たんだよ」

「なんでって、おにいさまの顔を見るまでは、不安で心配で仕方なかったから」

「なんでまた？」

「昨夜すごく怖い夢を見て、おまけに、お由姉さんがどこかでおにいさまの事情を聞いて教えてくれたから。夜が明けるのが待ち遠しかった」

そう訴えると、おにいさまはあぐらをかきながら笑った。

「また、この子はおかしなこと言うよな。夢を見たくらいでそんな大げさな」

「夢じゃないもの。おにいさまは実際に大変なんでしょう」

「……そうだけど、まあ、心配するほどのことじゃないよ」

「だけど私、聞いて知ってしまったもの」

「なんにしても、とりあえず火をおこすか」

おにいさまが言ったので、ようやく体が冷えていることに気付いた。

「そういえば、火がないね。私がこしらえてあげる」

私は威勢よく言って、火打ち箱を見つけたものの、袋のままの蒲《がま》の火口《ほぐち》をいじりまわした末にどうにもならない。なんだかおかしくなってしまって
「ごめんなさい、おにいさま。私では、つきそうもないみたい」

と笑って謝った。

「どれどれ、おれに貸しな。火をつけるのはおまえも米八も下手だなあ」

おにいさまが唐突に米八さんの名前を出したので、ひどく嫌な気分になった。

「そりゃあ、米八さんはおにいさまの家のことを色々知ってるだろうけど、私はばかだから、なにも分かんないです」

私が拗ねてみせると、おにいさまは気分を害した様子もなく
「また、拗ねる。米八がお長に敵うわけないだろ。なんだってお長のほうがいいよ」

そう言って、火を焚《た》きつけてくれた。少し心が穏やかになって、火鉢へ炭を継いで土瓶をかける。

「おにいさま。でも本当にお金のことは困ってるんでしょう……？」

「そうだな。ちょっとは困ってるけど、なんとかなるだろう」

「嘘。難しいことは知ってるから、私だって覚悟してます。それで、いくら必要な

の?」

「まあ、五十両あれば支払いの月を延期することはできるらしいけど、さすがに難しいから、せめて三十両……とはいえ、最近なぜか米八もさっぱり来なくなったんだよな」

「米八さんに頼まなくても、私がお由姉さんに言って、なんとか用意する」

「へ? おまえ、どうやって、そんなこと」

「私たちは夫婦になるんだから、自分の身をどうとでもする決心はできてる。ただ、自由におにいさまに会えないのは悲しいから、たとえ離れ離れになっても、時々は顔の見られるところへ行きたいけど」

「お長。どこへ行く気だよ」

「どこかへ私が預けられることで、お金を用意しようと思って」

「なに言ってるんだよ、とんでもない。おまえにそんな、かわいそうなことをさせられるわけないだろ」

「それでもお金を用意しないと、おにいさまがどうかされるっていうのなら、……私は死んだっていいの」

と口では言いながらも、さすがに大人の女ほどには潔くなれず、口に出した途端に不安で悲しくなる。おにいさま、と私は膝に縋りながら泣いてしまった。

「お長、泣くな。ほら、顔を拭いて」

と抱き寄せられて、不安がちょっと和らいだ私は嬉しくなって呼びかけた。

「おにいさま」

「ん？」

「あの、早くこうして、おにいさまのお世話をしたり、夜もさみしくないようにお話をして差し上げられるようになりたい」

「それで、どうする？」

おにいさまが真顔で訊き返したので、私は、えっと、と言葉を手繰《たぐ》り寄せた。

「一緒に、いたい」

「それで、どうするって」

「え？　それで、十分だけど」

「おれは一緒にいるだけじゃあ嫌だな」

おにいさまが渋るような言い方をしたので、嫌な考えが頭を過《よ》ぎり
「米八さんじゃなきゃ、だめってこと？」

と訊き返した。

「違うよ、あいつなんか問題じゃないって」

「嘘ばっかり。ずいぶん仲良しのくせに」

私は初めておにいさまを睨みつけた。こんなに精一杯の嫉妬が自分の内にあったなんて知らなかった。

「べつにそこまで仲が良いってわけじゃなくてさ。色々世話してくれてるから、悪い顔もできないだけで」

「悪い顔どころか、鰻屋の二階で、米八さんを見たときのおにいさまの顔といったら。愛らしい目元に、たっぷりの人懐っこさまで滲ませて……私、噛みついてやりたいと思いました」

「つまんないこと言うなって。おまえこそ日増しに綺麗になって、今におれみたいな貧乏人はポイ捨てされると思ってるよ」

などと言い合っていたら、土瓶の湯が煮えて飛び散ったので、あちっ、とお互いに声をあげた。

「わ、灰が髪に。汚れちゃったかな」

とっさに髪を気にすると
「悪いな。なんならおれが結い直してやろうか?」

嬉しい申し出に、私は、はい、と頷いた。

「さ、じゃあ、どんな風にするかな。左右を剃《そ》り上げて髷を細く残した男の髪型か、坊主か。疱瘡《ほうそう》にもういっぺんさせるのもいいな。ちょっとぐらい見た目に欠点がないと、よその男が惚れてうるさいだろうし、油断できないからさ」

「ありがとう、おにいさま。嘘でもそんなことを言ってくれて」

「ばか、本当に気を揉んでるよ、おれは」

「嘘。その証拠に、私にはちっともかまってくれないじゃない」

何度も拗ねてしまうのは、おにいさまに甘えたいからだった。それを見抜いたように優しい声で

「じゃあ、これからはうるさいほどかまってやろう」

と膝の上に私を抱き寄せると、横向きに寝かせた。固い膝の感触にどきどきしていると

「さ、お長。乳でも飲んで、もう寝るか」

おにいさまが冗談を言いながら、ふいに唇を重ねてきた。嬉しいやら恥ずかしいやらで

「私、ちょっとくすぐったい」

と答えた声は自然と大人の女の人みたいになっていた。とはいえ体調が万全とはいえないタイミングだったから、三味線の糸を締めて音を合わせるように重なってしばし抱き合ううちに、誰かが破れた戸をがらりと開け放った。

ガラの悪い悪者たちの登場に、おにいさまは驚いた様子だった。私もまるで昨晩《ゆうべ》の夢のようだと青ざめ、ふるえて身を硬くした。

二人は左右に分かれ、おにいさまを挟んでどかっと座った。

「おたずね者の丹次郎だな」

「大人しく縄にかかれ……と言うには、少々事情が違うわけだが」

「そう、なにも泥棒したわけじゃなく、まあ、体《てい》よく言えば、ただの貸借《かしかり》だがな」

「体悪く言えば、詐欺だがな」

おにいさまはたまりかねたように口を開いた。

「あの、二人とも、なんだかおかしなことを言ってますけど、いったい、なんで」

「なんでとは厚かましい男だ。畠山様の宝物を取り込んで梶原家へ売りつけ、金は残らずおまえが巻き上げて、世間には破産だと言いふらし」

「婦多川の芸者を囲って美味しい思いをした挙句、家にはかわいくて初心《うぶ》な娘を引きずり込んで」

「朝っぱらからいちゃついてるとは、いい身分だ」

「そんな色男の正体は」

「詐欺師の丹次郎ときた」

「縄にかかるのが嫌なら、黄色いものを差し出すか、それがなければそこらへんに」

「身を売るような女があれば」

「しかし、まあ、そうもいかないだろう」

「てなわけで、代官所へと引きずるか」

男たちがおにいさまの手を摑んだので、私は必死で割って入った。

「ごめんなさい。あの、おにいさまは、いったいいくらあれば許してもらえますか？」

「お、娘が仲裁人になるつもりか。なんならこの場は見逃そう。その代わりに小判でざっと五十両だぞ」

「あるいは娘が代わりに一、二年吉原で働くっていうんなら、事を済ましてやろう」

「それはできない、この子は義理ある妹なんだ」

とおにいさまが言い切ったので、二人組は急に腹を立てたように
「それならふんじばって今すぐ代官所に」

懐から縄を出したので、私は泣いて止めた。

「待ってください。私は、どうなってもいいです」

「物分かりのいい子だ。それなら、おまえの気持ちに免じて」

と言いながら、男が私の手を取った。絶望的な気持ちで立ち上がろうとしたとき、深編《あ》み笠をかぶったお侍様が踏み込んできて
「おい。盗人《ぬすっと》ども。そこの丹次郎と娘をどうするつもりだ」

お腹《なか》の底に響くような声で凄《すご》みをきかせた。

「どうって」

「おれたちは畠山様の宝の一件で」

「それを詮議するのは誉田《ほんだ》の次郎、この近常《ちかつね》の役目だ。人に頼んだ覚えはない」

「あ、それなら……あなた様は畠山様の」

「家中《かちゅう》とも知らないばか者どもが」

ばさっと編み笠を取ったので、皆、びっくりして黙った。

「怪しい身なりで人の詮索ばかりしている、おまえたちは誰の家中と言い張るつもりだ。襦袢《じゅばん》なしのどてらに三尺帯、帯刀もせずに五分月代《さかやき》とは、ずいぶん珍しいご家風だな。早く立ち去れ、さもないと！」

鉄扇を出して激しい勢いで払っただけで二人組はおそれをなして外へと飛び出し、なんだそんなもの、と悪態をつきながら逃げてしまった。

お侍様は落ち着き払って、こちらに向き直った。

「さて、丹次郎。おまえ自身は心当たりなく印形は偽造文書であったとしても、結局はおまえの甘さが招いたことには変わらない。とはいえ右の金子を年賦で納めるなら、特別に済ませてやろうと、同役と相談して話がまとまった。よって内金二十両をあさってまでに金役所《かねやくしょ》へ持参するように。それだっておまえにしたら迷惑かもしれないが、百分の一にも足りない上納だ。ありがたい話だと思って、素直に受ければいい。それでは」

と言葉少なめに告げて立ち去る姿は、大家の家中という役目を負う人柄が滲んでいて、奥ゆかしくも重々しかった。

此糸

「まるで日差しを浴びた盛りの桜から、朝露に濡れた一羽の鳥が飛び立つごとく美しい女だな。花魁は」

そう名残惜《なごり》しそうに言い残したお客を見送ってから、わたしはふうとため息をつきました。

霧屋の二階の一番いい座敷に戻ると、お客の散らかした皿を女中が片付けていきました。

階段を上がってくる音がして、女中が戻って来たのかと思った矢先、米八が顔を見せました。

わたしは内心びっくりして、この子を婦多川に出す手伝いをしたことを恩に着せるつもりなんてなかったけれど、胸に燻《けぶ》っていた言葉を口にせずにはいられませんでした。

「ねえ、米八。わたしの自慢は、愚痴や嫌味を言わないことだったの。それこそ願掛け以上に強く、自分に禁じていた。だけど、あんまりじゃないの。そりゃあ藤さんは男だから、浮気心を出してあんたを口説《くど》いたかもしれない。それでもわたしがあんたに肩入れして面倒を見てあげたことを忘れて、藤さんと深い仲になるなんて」

米八はさっと青ざめました。珍しくうろたえたように、気弱な声を出すと

「花魁……どんなに恨まれても、なにを言われても、無理ないと思う。今さらあたしがなんて言っても、適当に作った言い訳だと思われるだろうけど、でも、本当に違い

ます」

などと否定しました。まだしらを切るつもりかと、わたしは腹立たしく思って
「いいの、べつに。最初から自分の面目なんて潰されるのを承知の上で世話をしたんだから。それがそもそもの誤りだっただけで」

と素っ気なく返すと、米八は切羽詰《せつぱつ》まったような顔で続けました。

「そんなふうに言われたら、あたしも立場がありません。じつは昨夜、藤さんのお供でここまで来ました。花魁のところへ行くのは分かっていたから、唐琴屋に不義理を働いたあたしは顔を見せるのを遠慮して、男衆に頼んで花魁に伝言をお願いして。その後、船宿で延津賀《のぶつが》さんに会って、浜の宿に泊まって。今朝は藤さんのお迎えがてら花魁にも挨拶したいと思ってここに来たら、藤さんは昨夜よそに行ってて、もう帰ったって聞いて、あたしもびっくりして。どうしようかと思って、とりあえず花魁のところへ」

「そんなの茶屋の者たちと馴れ合ったあんたなら、なんとでも言わせることができるでしょう」

すっかり猜疑心《さいぎしん》の塊になった自分が醜く、藤さんにも米八にも裏切られたかと思うと、さすがに目に涙が滲んできました。

「花魁の怒りは、無理もないことだと思う、でもっ……あたしも本当は大変な目に遭っていて。藤さんのおかげで自前芸者になって丹さんのお世話もできるようになったのも、そもそもは花魁のおかげだから、本当に感謝してた。だけど、あの通な藤さんがまるで女に不自由してるみたいに毎日のようにお座敷や茶屋や船宿にあたしを呼んで、いつだってお客は藤さん一人で。義理や恩があるからと言っても、こっちの情に訴えてきて迫ってくるのをあの手この手で断れば、今度はわがままだって罵られて……花魁への恩からそれでも泣いて断れば、今度は船宿の亭主や一緒に組んでる芸者に根回しして口説いてくる。それで腹を立てて、もう呼ばなくていいからって思っても、次の日とか次の夜になるとこっちの罪悪感が湧くくらいに優しくされて。でも、いい返事なんてできないから、結局、いつもあたしが喧嘩《けんか》腰になって、茶碗でお酒を呷る始末で。ふて寝の用事で二、三回断ったら、今度は見舞いに来たと言って、芸者たちの部屋にお土産《みやげ》まで届いて。あたしはもともと抱えの芸者じゃないから、ほかの芸者の目もある。あんまり素っ気なくすれば、自惚れてる、いい気になってる、と陰口を言われて。どんなにつらくても、丹さんのお世話をするために手助けしてくれた花魁の情けを仇で返したらいけないって耐えて……あたしは兪伽山《ゆがさん》への月参りで妙見様へ千回お題目を言う口で、宴席を盛り上げる唄を歌いながらも、花魁への恩返しができたらと思って、その心意気をなんべんも拝んでるんです。だから花魁、そんなに冷たくしないで、お願いだからこれからも仲良くしてもらえたら」

涙ながらに訴えた米八は、そういえば以前よりも顔が青白くて、茶碗酒と日々の心労に苛《さいな》まれているのが見て取れました。

すっかりかわいそうになってしまって、わたしは険しくしていた眉間をほどき

「米八。ごめんね、事情はすっかり分かったから。まさか米八にかぎってと思っても、この頃さっぱり藤さんはやって来ないし、手紙もないものだから疑ってしまって。それなら藤さんが一方的に、あんたに心が移っちゃったのね。まあ、あの人の癖だけどね。普段は如才ない人なのに、心が移ると、人が変わったように執着するの。そんなだから、ね」

わたしは言葉尻を濁しました。さすがにはっきりと、心から信じて本命にはできないもの、とは言いづらかったので。それでも勘の良い米八は察したように

「花魁、じつは」

と耳元で囁いたので、わたしは軽く目を伏せて訊き返しました。

「あら、そう。じゃあ、藤さんは半さんのことを？」

「はい。どうして知ったのかは、あたしにも分からないけど」

「これだから油断も隙もないわね。あの人も、憎いんだから」

とぼやきながらも、わたしも米八と藤さんに隠し事をしていた手前、ちょっとばつが悪くなって笑ってしまいました。

「本当に藤さんは細かいところにまで行き届くから、あたしも気が抜けない。あれで、もうちょっと」

と米八が言いかけたので、あれ、と思って
「もうちょっと鷹揚《おうよう》な人だったら好きになってた？」

と水を向けると、彼女は即座に首を横に振って
「だから、藤さんとは無理ですってば」

などと言い合っていたら、妹分の糸花《いとはな》が慌ただしく二階に上がって来て、なにか書かれた紙を差し出しました。

「お針女が、花魁に渡してくれって」

見ると、それは一枚のおみくじでした。わたしは軽く動揺しながら開きました。いつもの物とはなんだか様子が違っていたのです。

「妙見様のおみくじだそうです」

糸花はうやうやしく告げました。

「花魁、ちょっと、あたしにも見せてもらえる？　あ、二十四番」

おみくじにはこんなことが書かれていました。

二十四番

天天天人地
西有白虎霊《にしにびゃくこのれいあり》
是即悪神形《これすなはちあくじんのかたち》
家《か》中《ちう》不安穏《あんおんならず》
万事何以寧《ばんじなにをもつてやすからん》

にしの方《かた》にある人があくにんならずとも身のためにあしき也
それについてかんなんをする事あらんおもひあきらめて用心しつつしむべし

「……米八。ここから根岸《ねぎし》は、どっちの方角に当たる？」

「ちょうど西じゃなかったかな、花魁」

「半さんが花魁のためになにかっ？」

糸花が若い娘らしく高い声をあげたので、わたしはすぐに、ちょっと静かになさい、といさめました。

「花魁、なにか思い当たるような心配事が？」

「まあ、ねえ。今に始まった心配ではないけど、それにしても嫌なおみくじね。今はたとえ悪くても、最後には嬉しいことがあるとか、想いが届くっていうのなら、励みにがんばろうとも思うけど。そもそもこれじゃあ、なんのことだか分からないし。悪い人じゃないけど身のためにはならない、なんて。それで諦められるくらいなら端《はな》から気なんてかけないわよ」

糸花は困ったように
「だから、おみくじなんてやめたほうがいいって、私、前にも花魁に言いました」

と忠告してきたので、わたしはむっとして知らんぷりしてやりました。

米八が機転をきかせて
「でも、花魁。凶は吉に転じるって言うから。そんなに気にしないほうがいいと思う」

と慰めてくれたけど、実際は胸に思い当たることがあったのです。

今は遊女の身とはいえ、最初から傾城《けいせい》の種を蒔《ま》いて生まれる畑などありません。大半が親兄弟のために身を売って勤めているのです。

だからこそ自らの情欲はおさえて用心しても、長い月日の間には、夏の短夜《みじかよ》すら早く明けてほしいと鐘の音を数えるときもあるし、秋の夜長だというのに早く鶏《とり》が鳴くと恨めしくなることもあります。とはいえ夏の夜と秋の夜の割合なんて九対一くらいだけど。

そのかぎられた秋の夜ですら、男のほうから踏みにじられて尽くした恩を仇で返されることがほとんど。哀れという言葉ではあらわしきれないほどです。傾城に誠なし、なんてきっとそんな情を知らない者が言ったのでしょう。

女郎は生涯男一人を定めずと言うけれど、たとえ三十歳を過ぎたって咲く花のようにあどけなく、それでいて四季折々の風情のように色気を放つのが、吉原で生きる真の傾城の道なのでしょう。そんな都合の良い女がこの世にいるとは思えないけど。経験のなさが第一の素人とは、まったく違うものを求められているのがわたしたちなのです。

それにしても、心配事を抱えたわたしの身の上はこれからどうなるのだろう、とさすがにため息混じりに思うのでした。それともまだわたしたちには想像もつかない、あっというようなことがこの先待ち受けていたりするのでしょうか……。

お長

八重梅《やえうめ》は、花びらが八重にも重なっているから、咲くのもひどく遅い。私も時間がかかっているだけで、いずれは開くって信じたい。でも初めての恋は綺麗なだけじゃなかった。こんなに切なくて心配が多いなんて……私はおにいさまの顔を頭に浮かべつつ、今日も浄瑠璃《じょうるり》語りとして武家屋敷に奉公へと来ていた。名前も竹蝶吉《たけちょうきち》とあらためた。

最近では月の出や日の出を拝む祭事に招かれる娘浄瑠璃も多いけれど、宮芝さんに丁寧に指導してもらっているおかげで間《ま》の調子はとても良くなったみたい。伸びた髪は島田を結うことなく、切って男の子みたいな髷に結んで、ちゃんと化粧も終えた姿で、今は奉公先の二階で今夜のお客様の希望した曲目を復習していた。

姉様、たとえ僕は切られなくとも死なねばならなかったんです。この前の話……お金がないために痩せてしまったと聞いて、悲しくてなんとかしてやりたくて、僕はこのお金を盗んできたのです。だけど親方のものは塵《ちり》さえも粗末にしてはいけないと諭されて、あげると言えなかった。どれだけ孝行してもし足りないほどに大切な、たった一人きりの姉様……たとえお金を盗んでも助けたくて、その後はすぐに町はずれの井戸に身を投げようと、来る時に下見も済ませていたんです、と縋りつく弟に、小梅は身も世間体も投げ捨てて悲しみに溺れた。その優しい志を聞くほど悲しみが募り、親に先立たれてから、つらい苦労を共にした二人なのに……

この家の主はお熊《くま》という、年を取った女主人。言い方は悪いけど、毒婦っていう言葉はこういう女に使うのだろう。

もともとは唐琴屋の二階で遣《や》り手《て》を務めていたのだけど、その頃から欲深くて人の心や義理を知らないような、おそろしいところがあった。

今はお熊は寮防町《りょうぼうまち》に家を借りて、芸者の子供を抱えて暮らしているものの、最近ではみんなが暇を出されてしまった。代わりに私を二十五両の担保に抱え込み——この二十五両はもちろんおにいさまにすぐに送った——色んな家へと行かせてご祝儀で生活している。

だから、もともとはうちで使っていたお熊を今では母と呼んで仕えてる。実際には母どころか朝から晩まで口汚く罵られて、鬼兵衛さんのときと同じことになっていた。

女同士なだけに言葉がいっそうキツくて、いくら切羽詰まっていたとはいえ、まさか抱えられたのがお熊だったなんて、私ってどうしてこんなに運が悪いのだろう。そんな悔しさと悲しさが入り混じって、こっそり泣くしかなかった。

お熊は今日も厳しく梯子の段を叩いて

「おい、ちょっと、蝶吉っ。まったくつんぼか……聞こえないのか、お蝶!」

と荒々しく私を呼んでいる。怯えながら、おずおずと

「お呼びですか、おかあさん」

と訊き返すと、いっそう苛立ったように罵られた。

「いいかげんに聞こえないふりをやめたらどうだい。おまえのは空耳の逆だ」

「ごめんなさい……本当に聞こえなくて」

「もうお昼の鐘が鳴ったんだ。いいかげんに支度するんだよ、まったくばかばかしい」

「だけど、今日の出し物は私が語りをつけるから、よくおさらいしておかないと」

「だからいつも練習しておけと言ってんだろう。それなのに声がかからないときになって、さらっておけと言ってもぐずぐず怠けて。お屋敷に出るとか座敷に出るときには、急に足元から鳥が立ったように騒ぐんじゃないよ。おまえはわたしをばかにしてんだ、

仮にも親のわたしをな。口答えやわがままがしたかったら、なにも言われないように工夫しろ。おまえの芸程度じゃあ、二十だの三十だのの金の利息すら取れやしないんだよ。それだから、左文太《さぶんた》様が」

と言いかけて、お熊は思い出したように階段を上がってくると、私のとなりに座り込んだ。

「そうだ、よく聞きな。古鳥《ふるとり》左文太様の懐がたいそう裕福だというのは、茶屋の万長《まんちょう》でも聞いた話だ。そんな金持ちが、おまえを妾《めかけ》にしてやろうなんておっしゃってるのに、未だに返事もせずってのはなんだい、おまえ、もう涙ぐんで。なにがそんなに悲しいんだ。不吉な娘だね」

「いいえ、あの、今復習していた長吉殺しのところがあまりに哀れだから、思わず涙が出ちゃって」

「自分で語って、自分で泣いてりゃあ世話ないね。その情が、聞き手にも半分くらい移る仕組みだったらいいがね。女義太夫の寄席にほかの連中と一緒に出てみろ、おまえにひいきの連中なんてできやしない。ちょっとでも長く語られたら、哀れどころか、あくびで涙が出る。器量がそこそこで色が白いのが、おまえの唯一の幸いなんだ。それがあるから、たまに呼んでくれる人がいるんだよ。今時十人並みの器量で、旦那の

二、三人取らない贅沢者《ぜいたくもの》がいるとはな」
　私は焦って訴えた。

「おかあさん、私、もっとお客様を大切にして浄瑠璃も精を出します。だから、どうか旦那を取ったり、左文太様のお世話になるなんてことだけは許してください」

「そんなこと言い切られちゃあ、こっちだってよけいに意地だね。おまえの勝手を許しておくわけにはいくもんか。ちょっと浄瑠璃を唄い語るだけで、三十両の金を出すやつはいないんだよ。こっちには、こんなときのために用心して受け取った二枚の証文もある。旦那が嫌なら恋《こい》が窪《くぼ》の廓《くるわ》にやって、身売りの契約をした期間は、生まれ故郷の馴染《なじ》みの中で遊女として勤めるのもいいだろうよ。まったく旦那は嫌だの、あつかましい話だよ」

「おかあさん、分かったから。出がけに色々言われたら、気になってしまって、お座敷に上手く集中できなくなります」

　と宥めてやり抜けようとしたら、お熊は語気を荒らげた。

「口ばっかり達者なガキだ！　上手く務まらないならやめちまいな。小言ばかりでうるさいって、その澄ました顔に書いてある。おおかた腹の中じゃあ、以前は自分が主人だったんで、わたしを侮ってるんだろうよ。たしかに六、七年前に一年ほど、頼まれて唐琴屋の女郎の世話はしたけどね。それだって正式な奉公人と決まって勤めたわけじゃない。今のわたしにはなにも怖いことなんてないんだよ」

「私、なにも、思ってないです」

口では否定したものの、考えていたことをお熊に見透かされた上で罵詈《ばり》雑言《ぞうごん》を浴びる悔しさとやり切れなさが骨まで届いて、胸どころか全身が軋むようだった。耐えかねて涙をこぼすと、血まで流れ出るようだった。

そのとき格子《こうし》戸《ど》が開いて、お武家様の使いと思われる男がやって来た。

「失礼しますよ、梶原の屋敷から参りました。蝶吉さんのお迎えで」

途端に、お熊はぱっと愛想が良くなった。

「はいはい。誠にご苦労様です。ほらほら蝶吉、とっとと支度するんだよ。今、お茶をお持ちしますからね。今日のお客様は大勢いらっしゃいます?」

私には厳しく指図しながら、使いの男に対してはにこやかだけどいやらしい笑顔で尋ねた。仕方なく二階へと身支度のために上がる。

「今日はお客様よりも芸者衆のほうが多いくらいです。まず、桜川善好《ぜんこう》、桜川新好《しんこう》、湯又《ゆまた》、噺家《はなしか》では竜蝶《りゅうちょう》に柳橋、清元《きよもと》では志津《しず》太夫に壽女《すめ》太夫、延津賀、踊りでは西川扇《せん》蔵《ぞう》……」

と名前がたて続けに挙がるのが聞こえた。

「義太夫はこちらの蝶吉さんに小《こ》でん。なんとも大騒ぎですよ。あと、うちの殿様のごひいきで、婦多川の米八と梅次」

と言ったので、二階から戻ってきた私は思わず

「米八さんも一緒なの？」

と訊き返したけれど、お熊がすぐに怖い顔で遮った。

「おまえは人のことを気にするより、忘れ物してないか気を配りな。どうぞ、くれぐれもよろしくお願いします。よそのお子さんと違って、うちのはまったく気がきかなくて困り者ですけど」

使いの男は立ち上がると、できすぎた娘子供はどうもよくない、娘のうちは世慣れてないほうがかわいいもんです、と慣れたように受け流した。

「おかあさん、行ってきます」

私がお熊に告げると、使いの男がすかさず

「今日は昼夜になりますから」

と倍の額になることを伝えたために、お熊は別人のように微笑んだ。

「それは本当にありがたいことです。お蝶、気をつけて行ってきな」

はい、と私は頭を下げて、使いの男と連れ立って外へと出た。道行く人たちが惚れ惚れとした視線を送ってくる。

艶《あで》やかな魚の小さい卵を敷き詰めたような七子《ななこ》織りの縞の着物を着て、羽を広げた蝶の紋を縫い付け、ちらっと見える下着は紫の鼠地に大きく立派な丁子菱《ちょうじびし》を染めたもの。繻袢の衿《えり》は、白綾《しらあや》に有名な書画の印を朱紅《しゅべに》で書き散らしている。袖は緋《ひ》色の鹿子織り、帯は黒のびろうどに紅の山繭縞の鯨帯で、しかも目立つ団十郎縞。腰帯は鼠がかった藍色に薄茶色に金もうる。幅も流行りの一寸三分。髷も膨らますことなく青年風に。

一切隙のない流行りに身を固めた姿は、傍目には羨ましいかもしれないけれど、荒《すさ》んだ心には流行りの衣装もぼろぼろのつづれ同然で、これもなにかの運命だから仕方ない、と諦めながら梶原様のお屋敷へと向かう足取りはひどく、重たい。

三

丹次郎

なんで唐琴屋の養子だったはずのおれが、気付けば梶原家の抱え屋敷のある亀戸村《かめいど》で、芸者の僕《しもべ》として箱持ちをやってるんだろうな。

今夜は米八が梶原家に召されたのでついてきた。あいつが本気で尽くしてくれるから、おれも多少は誠意を見せないといけないと思い、箱持ちなんて落ちぶれたものに成り下がっている。

それにしても今夜の梶原家の茶会には、芸者が多い。にぎやかな宴の声を聞きながらたった一人、供部屋で待ちくたびれて、お勝手から庭へと出てみれば、夜に色気のある香を放つ花畑にたどり着いた。だだっ広い夜空に見事な月が浮かんでいる。

夢のような眺めに誘われて、庭の向こうの小高い丘を上ってみた。

丘の上には数寄屋《すきや》造りの離れ座敷があった。こっそり縁側に上がってみれば、暗い泉水の向こうに酒盛り中の広座敷が手に取るように見渡せた。客も主人も入り乱れての無礼講ときた。ばかみたいだ、と思いながらも、内心では羨ましくてたまらない。あんなふうにおれも好き勝手に遊びたい。

ついうとうとと居眠りしかけたとき、息を切らせて人影が駆け込んできた。開いた枝折戸《しおりど》の向こうに素足が見えた。おれがびっくりして立ち上がると同時に、正面からまともにぶつかった。

月影の差した顔を見て、おれが声をあげるよりも先に

「おにいさま。いえ、丹さん。どうしてここに」

と驚いたように訊いたのはお長だった。

「お長。おまえこそ」

おれが訊き返すと、お長は声もなく泣き出してしまった。器量はいいし初心でかわいいのはいいけど、お長はすぐに泣くので少し面倒臭い。

障子を開けて小座敷の中へと抱き入れ、介抱してやりながら

「おい、ずいぶん動悸が速いぞ」

と背中を摩ってやるうちに、お長もようやく落ち着いたようだった。

「ああ、本当に怖かった。おにいさま、どうしてこんなところにいるの？」

おれは適当に背中を掻きながら

「おれ？　いや、べつに、なんていうか」

とごまかしていたら、お長の目には露骨な失望の色が浮かんだ。

「やっぱり。米八さんを心配してついて来たの？」

「違うって。そんなことじゃなく、ちょっと米八に頼んだことがあったんだよ。それで、な。そんなことよりお長はなんで逃げてきたの？」

と話の矛先を変えると、お長が堪えかねたようにおれの膝に寄り添ってきたので、軽い下心が頭をもたげたものの
「このお屋敷の御用人、番場《ばんば》の忠太《ちゅうた》様の息子の忠吉《ちゆうきち》様が、いつも私に色々言い寄ってきて。無理にでもいやらしいことをするから嫌で嫌で逃げてたけど、今日はみんなが酔っ払ってわけが分からなくなってるのをいいことに、ずっとつかまってて困っていたら、誰かがかくれんぼしようって言い出して。私が隠れたお風呂場に、ちょうど忠吉様も。それで襲われかけて、嫌だって言ったら、しまいには忠吉様が眼をすえて脇《わき》差《ざし》に手をかけたものだから、夢中で逃げてきたの。でも、いつまでもこうしてはいられないし、私、どうしたらいいか」

などといっぺんに語るので、おれも困り切って、できるだけやんわりと宥めた。

「そっか。それは、困ったもんだなあ……。だけどさ、ほら、ここの御用人の若旦那

だったら、この先もおまえのためになるだろうから、なんとか機嫌が直るように上手くやろうよ」

お長はびっくりしたように目を見開いた。それから見たこともない鋭い目つきで
「おにいさま」

と低い声を出した。やばいと悟って、とっさに口を噤《つぐ》む。

「……それって、忠吉様の言う通りにしろってこと？　そっか。うちに帰っておかあさんにこの話をすれば、あのひどい女のことだもの、金になるなら言う通りにしろって欲の皮をつっぱらせて、やっぱり同じことを言うと思う。しょっちゅう、旦那を取れ、とか、遊びに来た人がお金を持っていそうだったら調子よく持ちかけて、なにかもらう胸算用くらいしろ、なんて嫌なことばっかり。それでも、私は全然足りてないかもしれないけど、少しでもおにいさまに尽くしたくて我慢してるのに。ちょっとは同情してくれてもっ」

おれは大慌てで、もちろん、と頷いた。

「おれだって、少しの間でもお長を忘れたことはないよ。ただ米八と違って、おまえの奉公先に押しかけるわけにもいかないし。遠慮してるだけで、本当は一緒にいたいのを我慢して」

などと言い訳してみても、お長は別人のように愛想をなくしてため息をつくばかりだった。

「もういい。どうせ私、今に死んでしまうんだから。米八さんと末永く仲良くすればいい」

「ちょ、なんで脅すようなこと言って、怒るんだよ」

「なんでって！　おにいさまはそばにいないから知らないだろうけど、今の私のおかあさんはなにを隠そう、あの遣り手のお熊なんだから。意地悪だし、ひどいことばかり言われて、毎日つらくて仕方ないのに、それでもいつかおにいさまと一緒になれる日が来るって、保証もない未来だけを心のよりどころにして辛抱していたのに。おにいさまときたら、米八さんのことばかり。挙句、お屋敷に送り迎えまでしているなんて。もう、私、なにもかも虚《むな》しくて死んでしまいたい」

お長はまくし立てると、わあと畳に突っ伏して激しく泣き出した。仕方ねえなあ、と頭を掻きつつ、いつものように抱き寄せた。

「そんな、つまらないこと言うなって。こうして米八にくっついてるのも、金の都合を早くつけて、お長を小梅のお由さんのところへ帰さないと男が立たないからだよ。まあ……それも表向きの理由だけど。正直、おれだって気が揉めてならないからさ」

お長は涙に濡れた顔を上げて、どういうこと、と訊き返した。こういう素直なところは本当にかわいいやつだと思う。

「どうもこうも、日増しに色っぽくなるおまえをよそに置いておくのが、心配でならないんだよ。最近はほかの男が放っておかない夢まで見て、居ても立ってもいられず目が覚めたりするんだから」

「嘘ばっかり。おにいさまは、本当に憎らしい人」

若干ふて腐れつつも、お長の言い方はいくぶんか柔らかくなっていた。

「嘘じゃないって。現に今夜みたいなことがあったじゃん。まったく、油断ならないよ」

「いいえ。おにいさまは米八さんのことが心配でついて来たんでしょう。私じゃなくて」

また機嫌を損ねたように言い切られた。おれは素っ気なく、そうじゃないんだけどな、と返して
「本当はおまえこそ、誰かと約束があって、この数寄屋で落ち合うつもりだったんだろう。邪魔になったら悪いから、おれは供部屋に帰るよ」

と立ち上がりかけたら、お長が焦ったように腰に縋りついてきた。

「なんで、そんなこと言うの？」

艶っぽく涙を浮かべるお長の頰に赤みが差して、男心に一段と風情を感じる表情に変わった。

「冗談だって。ごめん。今の今までゆっくり二人で話すこともできなかったけどさ。おれのせいでこんな苦労させて、つらいだろうけど、もうちょっとだけ辛抱してもらえたら、絶対におれがおまえの体を取り返してみせるよ」

「……うん。なにも無理に今すぐおにいさまのそばにいられなくてもいいけど、二、三日置きくらいには顔を見られるようになりたいな」

お長はしんみりと漏らした。女のように鮮やかに色づいた秋の夜更けに、虫の音がいっそう鳴り響く。座敷からはずいぶん前に流行って定番化した唄が、冴えた三味線の音色に乗って聞こえてくる。

みんなが噂してる　あなたは月から来たみたいな美男子だって
粋でなりふりすべてが特別な人に恋をした　運命だと思った

「あれって、たしか婦多川の政吉《まさきち》さんと大吉《だいきち》さんじゃないか？」

とおれはお長に尋ねた。

「あ、そうそう」

「お長は今夜はなにを語ってたの？」

「仲町の今助《いますけ》さんとの掛け合いで、阿古屋《あこや》の琴責めです。おにいさま。だけど今夜みたいに騒々しいお座敷だと、義太夫はどうもしっくりこなくて落ち着かなかった」

なんて言いながら、お長と顔を見合わせる。今がどんな状況かなんて忘れたように。

お座敷では芸者が見事な調子と間を取った都都逸《どどいつ》を唄っている。

夢にまで焦がれたあなたなのに、今宵会えばくだらないことばっかりで
あなたと私は全然同じくらいの好きじゃない　なんて考えて離れてみたけど
ただの愚痴かもしれない　でも腹が立つの

「ほら、あれを聴いて。唄だってあんなふうに嘆いてるのに、おにいさまときたら、米八さんがいるから、私のことは思い出してさえくれないんだもの」

「違う、違う。思い出すっていうのは、そもそも忘れるっていう不実が引き起こすんだって。おれはもともとずっとお長のことを思ってるから、あえて思い出す必要がな

いんだよ」

とおれは即座に切り返した。

「本当に、まったく嘘ばっかり。おにいさまが忘れる暇がないのはね、米八さんのことでしょう」

また拗ね始めたかと思いきや、おれの腋《わき》の下に手を差し込んでくすぐってきたので

「おまえ、やめろって、くすぐったいよ。それなら、こっちだってやり返すぞ」

横抱きにしたお長の袖の中に素早く手を差し入れて、瑞々《みずみず》しく張った胸をからかうようにくすぐると、素早く顔を赤らめて

「おにいさま。くすぐったいから」

と言いながらも、おれの表情をうかがうように見つめ返した。

「座敷がずいぶん静かになったな。笑い声はまだ少し聞こえるけど。桜川の芸尽くしでも始まったか」

「いえ、たしか竜蝶さんの落語のはず。昼間も遊蝶《ゆうちょう》さんの新内節をつけた落語を聞いたけど、すごく面白かった」

「そうか。若手の中じゃあ、遊蝶が一番上手くなりそうだな」

「遊蝶さんはぎすぎすしてないし、大人しいからいいね」

などとお長が珍しく褒めた。

「なんだよ。落語の腕じゃなくて、男ぶりのほうか。うっかりのろけを聞かされるところだったな。おれも脇が甘いな」

「なに言ってるの、私が遊蝶さんを好きになるわけないでしょう。遊蝶さんを好きなのは、友達のお喜久《きく》ちゃん。本当におにいさまはひどいことばかり言うんだから」

「なんて言って、じつは心が移ったりしてないだろうな。おまえ」

「やめてよ。そんなことできるくらいなら、こんなに苦労してない。ひどい」

「本当におまえはかわいいね。じゃあ、遊蝶に惚れてないっていう証拠を見せてもらおうか」

お長を抱いてしっかりと寄り添うと
「もう……放して」

と口では言いながらも障子を開けたので、振り向いて遠くの座敷の様子をうかがってから、ふたたびぴしゃりと閉めた。

米八

傍目には優雅に泳ぐ水鳥の足にも休む暇なんてないように、見えないところで人それぞれ苦労があるものだと思う。

あたしみたいな芸者だって、よそからは楽で小粋な風情だと羨まれたりする。木綿《もめん》の着物に紫色と黒八丈の鯨帯の田舎娘《いなかむすめ》には無縁の気苦労が、実際には多々あるのだけど。

一人前として披露されてからは慣れない座敷を取り回し、大人しくしていれば座が淋しくなるし、ふざけて騒ぎたいお客に合わせれば通なお客は渋い顔をするし。野暮な人とお洒落な人にのの字を抜いた喋り方を使い分けてるうちに、酔っ払いの声が割れて犬の遠吠えさながらになった宴会は、引きずる裾と引きずる客でうんざり。

中途半端な遊び人が、季節外れの枯野見に出かければ

「上流の舟の見えないあたり、あれが山で、富士だ、筑波《つくば》だ」

今、突然、富士や筑波山が出現したかのようにはしゃぐ。そんな客に座席に招かれた日には、いくら芸者は素足が粋とはいっても足袋《たび》が欲しい！　と心の中で訴えながら、牛島《うしじま》から桟橋まで上がる羽目になる。疾風が鋭く肌を刺す。

掛け茶屋に着いたらすぐに駕籠に乗って帰りたい気持ちなんて、半端な遊び人はさらさら気付かない。芸者だってもとは親のいる娘だということを忘れて、言いたい放題悪口を言うことが花柳界をよく知る通なことだと履き違えている。それで落ち込むと、今度は芸者に情けをかける本物の通な人との恋の穴に落ちるっていう、それはそれで大変な罠《わな》が待ち受けている。

平岩のお座敷では、あいもかわらず藤さんが長々と恋の意地を見せた末、最後は言い合いになって場が白けた。

無理やり飲んで倒れて肘枕で眠ってしまった藤さんの傍らで、あたしはしょんぼりと誰かが忘れていった一冊の本を手に取った。

*

仙女香《せんじよこう》という白粉《おしろい》を手に持った振袖新造青梅《あおうめ》が

「女浪《めなみ》ちゃん、ちょっと来な」

とまだ十歳の禿を呼んだ。

「ハイ、なんでしょうか」

「あんたにこの白粉をあげるから毎日顔に擦り込みなよ。この白粉の中にはね、いい薬が入っているから、顔の細かいできものが治るよ。あとはね、この絵をあげるからお坊さんにならない？」

「わたしが？　いやです」

と禿は顔を顰めて言う。

「仙女香だけください」

「あらら、この子ってば。お坊さんにならないと、その頭のできものが治らないんだから。今にそれが目にもうつって、めくらにでもなってみなよ。すごく困っちゃうんだから。言うことを聞いてお坊さんになりな」

と言われて、禿は考えている。

「お坊さんになるなら、また私がかわいがってあげる」

「それなら、お坊さんになります。だから、仙女香も絵もください」

「よしよし、いい子」

と言いながら、空いている座敷に連れていって、あっという間に髪を剃ってくりくり坊主にしてしまった。

禿は頭に手をやって泣き出し

「わたし、こんなのいや。絵を返すから、もとどおりにしてください」

と訴える。

「ばかじゃないの、剃ったものが戻るわけないのに」

と笑いながら
「千代春《ちよはる》さーん、ちょっとこっち来て、見てみてよ」

と駆けていくので、残された禿はおろおろと涙を流す。折から聞こえてくるのはお座敷の唄。


憂いごとばかりが積もっていく恋の山を　登りつめた二人の仲は

このお座敷の花魁は十八、九歳。器量は五代目瀬川菊之丞《せがわきくのじょう》の生き写し。髪は割唐子《わりがらこ》に結って、挿す櫛も立派なもので、うなじは雪よりも白く、洗い粉で磨き上げた顔に、仙女香を擦り込んだ薄化粧はことさらに奥ゆかしい。舶来の更紗《さらさ》の寝衣《しんい》に黒びろうどと淡い茶色の毛織りの平帯を締めて、夜具を畳み、座敷を綺麗に片付けて、畳に片膝を立てている。

客は妻子ある若旦那である。早くも午前零時を過ぎて、家の中はなんとなく騒々しく、番にあたっている新造は内証の床《とこ》を用意している。外からはまた浄瑠璃が聞こえてくる。

人生は無常だなんて言うけれど
松は千年だって変わらないのに、枯れ残った朝顔に吹く風ははかなくて
それでも今しばらくは止《や》んでいてと願う　お花を連れた半七が

「あの浄瑠璃は、お花半七が心中するところだ。おまえも似た名だな。花山《はなやま》」

「あなたもね。半兵衛さん」

「そう考えると、身につまされる文句だ」

「人に知られないうちに、早く殺してちょうだい」

「そうだな。人の目に触れないうちに早く、痛いのはちょっとだけだ、我慢してくれ」

屏風《びょうぶ》で手早く囲って、半兵衛が刀を抜いて突き刺そうとしたところに、誰とも知れず障子の外から声がして
「早まるな。死んで花実が咲くものか。とにもかくにも、これを見た上で行く先

を」

と障子の隙間から投げ込んだのは、花山の年季を定めた証文だった。

半兵衛はじっくりと読んで、深く息をつくと
「たしかに、これはおまえの年季状だ」

と驚いたように言った。

「そして今のしゃがれ声はたしか花町さんのお客様で、私のことを色々と詳しく訊いていた方」

「なるほど。それなら、またしても忠七の親切心か」

「その方は、どなた？」

「うちの召使いで、福を呼ぶ親父秘蔵の白鼠だ。その名も忠義の忠七が、どういうわけかこの場をおさめてくれたみたいだ」

「この証文があれば、死ななくてもすむわね。半兵衛さん」

「そうだ、本当に死ななくて良かった。これがあれば」

とめでたしめでたし。

詳しい続きは、後篇《こうへん》にて。

＊

本を読み終えたあたしは思わず
「ひどい、続きが気になるのに。後篇もどっかに置いてないのかな」

とお座敷を見回した。

藤さんはすっかり酔い潰れて、いびきをかいている。

「それにしても、この本を読んだら、よけいに花魁のことが心配になってきた。花魁はあの気性だし、今さら根岸の半さんのことで引くに引けないだろうけど。二人に、もしこの本みたいなことが」

「まあ、ないこともないだろうな」

いきなり藤さんがぬっと起き上がったので、あたしはびっくりして眉根を寄せた。

「藤さん！　いつの間に起きてたの」

「とっくに目は覚めてた。気にするな、そのことなら知ってる。此糸が遊女になりたての頃から世話になった根岸の半兵衛のことだろう。その半兵衛が落ちぶれても見捨てることなく、派手とはべつに義理の道も情事の入り組んだ道も訳知った花魁と、その気性を買ったのがこのおれだ。それが分かってるなら、米八。もう此糸への義理はいいだろう」

「まさかと思うところまで行き届いた藤さんの心には惚れるけど、ごめんね、やっぱりあたしにも女の意地があります。どうしても返事はできない。今日も勘弁してください、ね」

「……なるほど。情が厚いのを通り越して、情が強《こわ》いとはこのことだ」

あきれたように寝転がる藤さんと宥めるあたしの耳に、隅田川の堤の上から母親に許しを乞う子供の声が聞こえてきた。

「お母さあん、ごめんなさーい」

悪いことをしていなくても許しを乞わなきゃいけない。やっぱり水鳥のごとく芸者にはやっかいな苦労が多い。

藤兵衛

住めば都というが、今はまさに都のごとく人も増えて、家が軒を連ねるようになったものだ。

もはや田舎ではなくなった土地を、鄙《ひな》にはまれな雛人形《ひなにんぎょう》のごとき美しい女が歩いていくたびに、垣根の梅と化粧の香が入り混じった春の風にこっちまで惑う。

平岩で飲み明かした後に、庭下駄を履いて弘福寺《こうふくじ》の垣根に添って待ちながら、朝湯がなかなかできないことを桜川由次郎《よしじろう》にぼやいた。

「無理言うようだが、おれは朝は湯に入らないと気が済まないんだ」

「そりゃあ、もう。ちなみに湯は大七《だいしち》がいちおしですよ。それにしても今朝はずいぶんと早くお目覚めでしたねえ」

「飲み潰れたけど、熟睡はできなかった。それで、湯は沸いたか？」

「もちろん。その代わり女湯はまだ沸かないんで、もしかしたら、遅くまで務めて寝不足の芸者が、お供の男衆に浴衣《ゆかた》を持って来させて、今朝は化粧も面倒臭いだの、船で客より先に帰りたいくらいだのとぼやきながら、男湯を使って床をぬかだらけにしてるかもしれませんねえ」

「とかなんとか言って、じつはその芸者がおまえの顔を見て、あら由さん、あなたも昨夜はこっちだったのお、どこにいたのかさっぱり知らなかった、ああ悔しい……なんて言われたくておれを外の湯に誘ったんじゃないだろうな」

「つまらない邪推はやめてくださいよう。素人でもあるまいし、そんな簡単に女に浮かれたりしませんよう」

「いやいや、いかに桜川善孝の息子でも、女嫌いだという保証人はいないからな」

むさし屋の向こうの湯の前までやって来ると、湯屋の障子を開けたのは前髪を置いて髷を大きくした粋な若衆《わかしゅ》髷に、桜色の湯あがりの肌がちょっとぞっとするほど美しい十六、七歳くらいの娘だった。

紺だ浅葱《あさぎ》だ茶だ黄色だのを織り交ぜた派手な変《か》わり縞の着物に寝間着の細帯を締め、手拭いを可憐《かれん》な口にくわえて、乱れた鬢《びん》のほつれを小さなつげの櫛で掻き撫《な》でながら見上げた顔がびっくりしたように
「もしかして、藤さんですか？」

と言った。

「誰かと思ったぞ、お長坊か。しばらく会わないうちに見違えたな」

と感心して、今はどこにいるんだ、と尋ねる。生まれつきの世話焼きゆえの興味だったのだが、由次郎は誤解したように背中を叩いて
「他人《ひと》のことより我が身のこと。さ、なんと言い訳するんですう、旦那」

と小声で笑った。

「昨夜はこの近所に泊まってたのか？」

「いえ。小梅のお由姉さんの体調が悪くて、この横町の寮に来てるから、そこを訪ね

ていたんです」

お長が説明を始めると、由次郎はぱっと湯屋へと近付いて
「旦那、先にお燗ならぬ湯加減を見て参りますよ」

と湯屋の障子を開けた途端、ぐらっと外れて倒れるのもかまわずに子供たちが流行りのはねだ節を、かまうもんか、かまうもんか、とくちずさみながら飛び出してきた。

由次郎は
「まったくばかにされたもんですよう」

とぼやきながら、湯屋の中へと入った。

むさし屋の垣根の前で、お長と立ち話をしていた。すると、横町から一人の老婆がばっとやって来た。

「こんなところにいたのか。今日もまた無駄足を踏むところだった。さあ、一緒に帰るんだよ」

「おかあさん、びっくりした」

お長はなにやら怯えたように言った。

「なにがびっくりだ、あつかましい。いいかげんばかにするんじゃないよ。姉御が病気で二、三日暇をくれなんてね。月給を日割りにして支払う約束で出してやった暇だ

が、それも昼夜通しての検番払いの額に比べたらちっとも足りないんだ。ちょっとの金で何日も引き揚げられてたまるか。こっちがどんだけ足を運んだと思ってるんだ。やれ医者へ薬を取りに行っただの、堀の内《ほりのうち》へお札をいただきに行っただのと、延ばしたいだけ延ばしてそっちの都合はいいだろうが、こっちは餓死寸前だ。さあさあ、すぐに帰るんだよ」

立ちはだかる悪婆《あくば》に、お長は悔しそうに顔を赤らめつつ、どうすることもできずに立ち尽くしている。

「あの、看病してくれる伯母《おば》さんが二、三日のうちには来るはずだから、おかあさん。なんとかそれまでは」

「だめだ。絶対に許さないよ」

聞く耳を持たない老婆を見て、ふと思い出したので

「おい、詳しい事情は知らないが、子供のことなんだから姉御とやらに掛け合ってから、連れて行けばいいじゃないか」

と助け舟を出した。老婆が怪訝《けげん》な面持《おもも》ちで

「あんたは、どちらの」

と言いかけたので

「顔を見ても思い出せないかもしれないが、唐琴屋の二階では、藤兵衛の名前ならちょっとは知られてたはずだぞ。紋日物日には相応に置いてたはずだ。此糸の座敷ではずいぶん頭を下げてもらったもんだがな」

と教えると

「あ、あなたは木場《きば》の旦那」

とお熊は驚いたように言った。

「俺を旦那というより先に、お長は元主人だろう。それを子供だと思って粗末に扱うなんざ仏様の罰が当たるぞ」

お熊は打ちひしがれたように黙った。けれど、すぐに気を持ち直したように

「それなら木場の旦那はこの子を引き受けるおつもりでもあって、親切をおっしゃるんですかねえ。昔のことはともかく、今はお互いに納得ずくなんです。表向きは親子、実際には抱えの奉公人でね。しかも一切わたしらがまかないで、直接手渡しで二十両先払いしたんだから。食事なんかの金から元の金まですべてそろって返したら、この子の証文を差し上げますよ。だけど、これでもいやらしく隠した男までいるんだから、囲うほうとしては考えものでしょうがね」

などと歯に衣着せない言い方をされたから、こちらも生来、負けん気の強いタチを

刺激されて

「俺にはさっぱり分からないが、遣り手のばあさんや引き手のおばさんに口で負けて男が立つか、なんて野暮な言い方してみたけど、正直、お長がかわいそうだ。乗りかかった船ってわけじゃないが、船と船を綱でつながれるのもなにかの縁。つなぐ綱を引き止めて、俺が決着をつけてやろう。だから、おまえ、今日はこのままお長を俺に預けろ」

と言っていたところに、平岩の女中が浴衣を持ってきて、目の前で腰をかがめた。

「あら、まだお風呂にいらしてなかったんです？」

「おお、浴衣か。そして、ちょうどいいところに来たな」

女中の耳に口を寄せて用事を頼むと、急いで駆けていくのを見送った。

「藤さん。本当に申し訳なくて、私」

お長が恐縮してまごついていたところに、由次郎が格子越しに覗《のぞ》いた。

「旦那、もう上がらせてもらいますよ」

「由公、ちょっと面倒なことが起きた。俺は風呂は後にする」

と言っているうちにさっきの女中が戻ってきて、紙に包んだ物を渡された。

紙の中身を確認してから、お熊に差し出して

「ほら、いずれ俺が仲裁人になってやるから。ひとまずはこれで二、三日延ばしてくれ」

と伝える。お熊は中身が一両だと分かると、すぐに手のひらを返したようににっこり笑った。

「いえいえ、これでは、さすがに旦那様に申し訳ないですよ。わたしだって、ちゃんと話が通れば、そんなに口やかましくしませんのに」

「分かった、分かった。どっちにしても俺が引き受けたんだから、両方に悪いようにはしない」

そう言って、お熊をその場から追い払い、お長を連れて平岩の離れ座敷まで移動して、互いに腰を下ろした。

「偶然だとしてもこんなことになって、迷惑をかけてしまって申し訳なく思います。本当にごめんなさい」

「なに、大したことじゃないから謝らなくていい。色々と事情もあるだろうが、おれの記憶だと、お熊は此糸なんかも目をかけた唐琴屋の遣り手だったじゃないか。元主人の娘に対してあまりにばかにした態度だったから、おれの持ち前の癇に障って、よけいな世話を焼いただけだ。それにしたって、なにがあってこんなことになったんだ？」

お長は泣きながら、これまでの事情を語った。

なにせこっちは根が派手好きな性格。小梅のお由の他人の不幸を見過ごせない男気にも親近感を抱き、なにがしかの縁を感じるところもあって

「そりゃあ、またひどく苦労したもんだな、かわいそうに。だけど心配しなくていい。俺がこれから、その姉御のところに行って、あの悪婆との関係を絶ってやろう」

などと喋っているうちに、女中が酒と肴を運んで来た。

「おう、早く飯を持ってきてくれ。俺はこれでいいけど、この子には飯のほうがいいだろう。ときに由公はどうした？」

「牛の御前様のところですよ」

「なんでまた……そうか、なるほど。俺とお長のことを邪推して席を外すつもりだな。おい、早く呼んで来てくれ」

「はいはい。ただいま」

と女中は答えて勝手へと去った。

「私、お酌します」

「なに言ってるんだ。俺にはかまわずに早く飯を食って姉さんのところへ戻りなさい。

きっと心配してるぞ」

「それなら、常泉寺《じょうせんじ》のお祖師様のところへお参りして帰ると伝えてあるから、大丈夫です」

「なに？　朝湯から真っすぐ婦多川へか」

「いいえ、土手下の、あの、お屋敷の際の」

「やっぱり小梅の瓦を焼く手前ぐらいか。しかし、ずいぶん距離があるが」

「三町ばかりですが、このあたりの者たちは皆、となりの家に行くぐらいに思ってます」

ようやく食事の膳も出てきて、由次郎も戻ってきた。

いったん酒の席になり、ひとしきり和やかに盛り上がった後に
「旦那、今日は少しお暇をいただいてもいいでしょうか？」

と由次郎が申し出た。

「どうした、なにか約束でもあるのか？」

「滝亭鯉丈《りゅうていりじょう》と茶利屋《ちゃりや》と自分の組み合わせで、お座敷がありまして。この前から里八《さとはち》と約束を」

「それならちょうどいい。俺も出入りの大名屋敷に用事があるから、今日はお互い真

面目に務めよう。さ、すぐに行っていいぞ」

「いえいえ、お昼過ぎからでも大丈夫ですよう」

「なに、俺も出かけるからいいんだ。その代わり一つ頼まれてほしいことがある。乗切りの舟で直接浜の宿の川岸へ着けてくれ。伝言を頼みたいんだ」

「そりゃあ、もう。延津賀さんのところですか?」

「そうだ、夷講《えびすこう》には間違いなく来るようにとな。宮戸川のお鉄も来るはずだから、なんなら一緒に誘って、川岸から船で来るように伝えてくれ」

「はあ、かしこまりました。それならありがたく失礼させてもらいますよ、じゃあ、ねえさん。後はごゆっくり」

由次郎はこっちを見て、掘り出し物がありましたね、という顔をするので
「由公、よけいな気ばかりまわさずに浜の宿へ寄るんだぞ。土手から向こうへ渡ったものの忘れてました、なんてお得意のうっかりは禁止だからな」

と念を押す。

「つまらないご心配は無用ですって。その用事のためだけに乗切るんですから。それにしても向島《むこうじま》も自由になったもんだ。今じゃあ、六人で代わる代わる船を渡してますよう」

「詳しいもんだな。船頭の数までは俺も知らなかったよ。ついこの前まで、竹屋の渡し船を呼ぶのに声を嗄《か》らしたもんだった。死んだ白毛舎《はくもうしゃ》の歌に
『須田堤《すだづつみ》立ちつつ呼べど　この雪に寝たか竹屋の音さたもなし』

とあるが、ちょっと経《た》ったら、向島の土手より船を呼んで山谷堀へ向かう風情を詠めり、と説明しなきゃあ、誰も意味が分かんなくなるだろうな。て、すまねえ、長くなった。出発する船のもやい綱を引っ張っちまったな」

「いっそ今日はよしましょうか、旦那」

「どうしてだ?」

「この後の幕が気になるって言いますかね、後ろ髪を引かれたんで」

「ばかなことを言ってないで早く行け」

「それなら失礼して。ねえさんもごきげんよう」

と由次郎は調子よく立ち去った。

隅田川方面へと抜けて出る出口から、大勢の男女の声がして
「あら、由さんだけなんて。旦那は後からお帰りですか?」

と尋ねる声も聞こえてきた。

「そうさよう」

「どうりで出し抜けに」

「旦那を帰して、おれだけ引き留めておきたかったろう?」

「なに言ってるのよ、あきれた」

「おれみたいな内気な男をつかまえて、なにを」

「ちょっと藤さん、由さんがこんなこと言ってるんですよーっ」

と叫ばなくても、くだらない会話は奥座敷まで筒抜けだ。お長は控えめに笑っている。


時は春の正月十日余りにして、平岩の外の通りでは、南向きの枝に梅の花が開き始める春暦。この不遇な娘にも遠くないうちに暖かな春を運んでやらねば、と心に誓った。

弘福寺の午前十時の鐘が鳴り響き、朝霞《あさがすみ》は瓦焼く煙とともに薄れて消えて、今戸町《いまど》に、材木を陸揚げする男たちの音頭が風のまにまに聞こえてくる。町村の小使いを呼ぶほら貝の音が、澄み渡る空へと響く——。

お長

患ったお由姉さんは、向島の牛の御前弘福寺の東の洲崎《すさき》村で、やもめの伯母さんの家に仮住まいしている。もっとも、あるじの伯母さんは故郷の本家に用事があって留守だった。

「今日は、体の具合も少し良くなったから、気晴らしのためにお由姉さんもちょっとは起きて本でも読んでいるかもしれないです」

私は歩きながら、藤さんに話した。お由姉さんがページを開くように雨戸を開けば、春のうららかな日を受けて障子に梅の影が映っていることだろう。

藤さんを連れて家の近くまで来たとき、心細いような鐘の音がした。本竜院の午前十時の音。田畑を通る商人の、しろざけー、ようかんー、という声が重なってこだまのように遥《はる》か遠くまで響き渡った。

私はいそいそと竹垣の枝折戸を開けて
「お由姉さん、具合はどう。帰りがいつもよりも遅くなったから心配で」

と声をかけながら中戸口に入った。それから藤さんに向かって
「藤さん、こちらにお上がりください」

と案内した。

私だけ奥に急いで、お由姉さんに事情を説明すると
「それはありがたい話だね。早くこちらに通して差し上げなよ」

と喜んでくれたので、私も嬉しくなって、はい、と返事をした。

「藤さん、どうぞこちらへ」

「うん。しかし患ってるときにいいのか」

「いえね、今日はとても調子がいいんです。だからご遠慮なく。なんの支度もできてないから、お出迎えはできませんけど。お長坊、早くお茶でも差し上げて」

「いやいや、気遣いは無用」

藤さんはお座敷に入り、挨拶を交わして座り込む。向かい合った途端に二人は訝《いぶか》しむような顔をした。

お由姉さんは堪えていたように黙っていたけれど、とうとう柄にもなく涙ぐんで口を開いた。

「あなたは、たしか七年ほど前に佐倉の宿の槌屋《つちや》に、成田不動参拝の帰りにお泊まりになった……」

「そうだ、その通りだ。夕立で動けなくなって二階の奥座敷に。酒の相手をおまえに

頼んだのが、かえって迷惑になってしまって」

「いいえ、むしろあなたはなにも心当たりがないのに、無関係の嫉妬深い者が押しかけてきて喧嘩になって。こんな旅芸者のあたしとの仲を誤解されて浮名を立てられ、さぞ不本意でしょう、とお詫《わ》びを申し上げたのがかえって縁となり、江戸で逢う約束を……それを待ちわびて、わざと気ままな女伊達を装い三味線を捨てて髪結になったのも、万が一あなたに再会したときに浮気な商売はせず、男の機嫌取りは無論、と自惚れな操を立てて潔白を証明したかったからでした。どうか、推し測ってください」

真実の心を示すお由姉さんの目には、遠慮したように堪えた涙が浮かんでいた。言葉数少なく控えめに気を遣う姿にはしっとりした色気まで滲んでいた。

藤さんもその本気をすぐに察したように
「本当に夢を見ている気分だ。佐倉で会ったときには、おまえはたしかまだ十九歳で、厄年だから成田山にお参りに行く道すがらだと言ってたな。親子連れの旅稼ぎと聞いて、散々浮気して男慣れしたあばずれかと思いきや、芸も美しさも上等のお座敷の取り回しだったぞ。今も覚えてる」

と褒めたので、お由姉さんは心の底から嬉しそうに笑った。

「憎い人。七年前もそんなことを言われて、嬉しくなって真に受けて。今日まで勝手に一途《いちず》に慕っていたあたしの気持ち。さぞ、ありがた迷惑だろうけど、どうかお許しくださいね」

なんて言い方から物腰や仕草まで、お由姉さんたら、別人のようだった。これが女なのだとあらためて気付かされる。良いも悪いも強いも弱いも、恋の相手一人で真逆に変貌してしまうなんて。

「許してくれと頼むのは、こっちのほうだ。成田から帰ってすぐに友達から大和《やまと》の名所巡りに誘われて、母親ばかりで甘やかされてわがままな怠け癖が出た。似たような遊び好きの連中と長旅に出発してしまった。伊勢《いせ》に浪花《なにわ》に京の女郎をあげて、長崎の味も衣装も見物と浮かれ歩いてる間に、江戸では大事な伯父《おじ》が病死してた。その上、出入りの大名屋敷を五軒もしくじって出入り差し止めの騒ぎにまでなっているのも知らずに遊び散らかした挙句、持ち金だけでは足りずに、九州や中国地方のお国家老へ十両二十両と金を無心して気付けば十七件も借りを作ってた。

それが残らず江戸に知れ、金を散財して遊ぶのはまだしも百里も二百里も離れたところにいて親も家をもかえりみない不孝があるか、と。伯父が死んだっていうのに葬式の供礼にも参加せずに知らん顔じゃあ、世間体も悪いし、第一、伯母に申し訳ない、となにからなにまで、もっともなことを言われてな。ちなみに伯母っていうのは家付きの娘で、母親の姉にあたる。そんなこんなで遊び飽きて江戸入りした日に、そのまま内々の評定をくらって、上総《かずさ》の親戚のところにやられた。

　時々おまえのことは思い出したものの、どうすることもできなかった。それからようやく二年過ぎて家に帰り、気になって色々探してみたけど、少しも手掛かりが見つからなかったわけだ。それでも、忘れたことはなかったぞ」

「どうりで行方が分からなかったはずですね。あれから佐倉を発《た》って、小見川《おみがわ》へ行って、東のほうをまわって江戸へ帰ると父親が言うので、早く帰りたいと気ばかり急《せ》いても、あたしが風邪をひいて寝込んだり、今度は父親が患ったりして、六、七十日過ぎてようやく家へ帰って、あなたのことを色々訊いてまわったけれど、どうにもさっぱり分からない。そのうちに父親も亡くなりました。伯母に世話してもらってやっとの暮らしではありましたけど、万が一あなたに会えたときにふらふらしてたと思われるのは嫌なものだから、女相手の髪結になって男の世話にはならずに」

　とお由姉さんが喋っているところに、私はお茶を運んだ。

「お由姉さん、お茶がはいりました。えっと、お茶菓子は」

「あいにくだけど、なにもなくてね」

「私、いつもの物で良かったら取ってきます」

「ありがとう。それなら行ってきてもらおうか。秋葉様の裏門を抜けずにむさし屋の横手を真っすぐに行くと近いから」

「はい、大丈夫です。この前もそこを通りました。みやこ鳥と富貴ぼたんのどっちがいいかな」

「いいって、気にするな。おれのことはかまわなくていいぞ。それより今に平岩がなにか持ってくるから」

「そんなことまで。ありがたいけど、お長坊、やっぱり行ってきて」

「はい、今出るところです」

「両方買ってくればいいよ。祖師様にも差し上げるから」

と言われて、私は素早く外へと出た。

できるだけ席を外してほしい、と願うお由姉さんの心は手に取るように分かった。私もまた早く二人きりにしてあげたくて、その意図が綺麗に重なったことで、少しだけ自分にも恋というものが分かってきたかもしれないと春の日差しの中で思う。

だけどあんな調子だと、今頃お由姉さんは案外恥ずかしがって照れているだけかもしれない。それとも、七年間という長い年月の純潔を証明する手立てがなくて、急に悲しくなって涙をこぼしていたりして。ようやく会えた二人が上手くいってくれますように、と生意気かもしれないけれど心の底から願う。

藤兵衛

ずいぶんと緊張していたお由が、積雪が消えて梅が開くような笑みを浮かべた。剃った眉は春の霞のごとく青々として上品な風情があり、蕾《つぼみ》のような娘の若さに勝る魅力を醸している。

こっちのほうから近寄って、病気の背中を摩ってやる。

「知らなかったとはいえ、とんだ苦労をさせたな。こうして巡り合ったからには、もう大丈夫だからな」

「そんなことを優しく言ってもらえるのは本当にありがたいけど、あなたにかぎらず殿方というのは浮気なものだから。この先もっと気苦労が増える気がしています」

「なんだってそんなに疑うんだ」

「なんでって……自分で決心したことではありますけど、あなたの優しさを胸にもう一生巡り合わなくても女の意地を通して来世では絶対に夫婦にと執念深く心を定め、唐琴女伊達だのなんだのと朝夕苦労していた間、あなたはあたしのことなど忘れて、屋の此糸さんと深い仲だったことはお長坊からしょっちゅう聞いてましたから。男に生まれたからには、花魁遊びも芸者の情人《いろ》になるのも仕方ないとは思うけれど、ひさしぶりに会ったお長のことも面倒を見たがっている様子だし」

などと暗い顔で言うところに、平岩の女中と若者が岡持ちを三つほど持ってきて、台所に並べて帰っていった。

お由は慌ただしく立ち上がると、台所で

「こんなに色々とご馳走《ちそう》が。お長ってば、早く帰ってくればいいのに」

と片寄せて、ふたたび力なく床に座り込んだので、気の毒になった。

「俺が運んでやるのに。そうだ、まだ用があったな」

「あたしは大丈夫ですから。心配しなくても今にあの子が帰ります」

「よそで用があるんじゃない。おまえの好きな卵蒸しを頼んでやろうと思ったんだ。七年前の相宿《あいやど》で惚れた証《あかし》に、未だに食べ物の好き嫌いまで覚えてるんだぞ俺は。これでも浮気者で情が薄いと責めるのか、ほら」

俺が畳みかけると、お由はにっこりと嬉し涙を浮かべた。此糸や米八やお長のことなど塵のごとく吹き飛んでお由を抱き寄せる。

「おまえがここにいるとも知らず、恋しさのあまり此糸がちょっとおまえに似てるからって……とはいえ真から入れ込んだわけじゃないが、当座のなぐさめみたいなものだ。米八の世話だって少々込み入った事情があってのことだ。まあ今はあえて説明しないが。どれ、よく顔を見せるんだ。かわいそうに、ずいぶん痩せたな」

「お医者さんがおっしゃるには、気から出た病だから、たまには髪を結ったり湯へも入るようにって。二、三日置きにはお長の肩につかまって湯までそろそろと歩いていくものの、嫌味なほど力がなくなっていて、やっと歩けるくらいです」

「どうりで長いこと病気で伏せってるわりには、垢《あか》も汚れもなく綺麗すぎるはずだ。病人じゃなかったら容赦しないところだぞ」

と冗談めかして言うと、お由は笑うどころか、おれの顔を仰ぎ見て、そっと身をふるわせた。ぞくっとするような艶っぽさだった。

お由はおれの膝にしがみつくと

「死んでもいいの」

と呟いて顔を赤らめた。

「……薄着じゃあ寒いだろう」

と布団をかけてやり、おれもなんだかうすら寒いな、とこぼして、同じ布団へと滑り込んだ。

お長

息を切らせて戻ってきた私は勝手口を通って、中の様子をうかがった。やけに物音もなく静かだった。はっとした私は草ぼうきを手にして、垣根の外を掃きに出た。足音さえも立てないようにして溝《どぶ》の土橋を渡るとき、風に散る白梅はまるで私の名と同じ蝶のように舞っていた。

まさか藤さんとお由姉さんが互いに想い合った仲だなんて、引き合わせた私も夢にも思わなかった。七年ぶりに今ふたたび恋が始まるなんて奇跡みたい、と夢見心地で思った。

そろそろいいだろうかと枝折戸を開けたら、藤さんが奥から飛び出してきた。手には茶碗を持っている。

「藤さん、お茶ですか?」

と私は尋ねた。藤さんは首を横に振って、いや水だ、と答えた。

「え、どうして?」

「お由の様子が今ちょっとおかしくなった」

「ええっ?」

私はびっくり心配して、お由姉さんの布団へと駆け寄った。

「お由姉さん、お医者さんを」

「呼ぶほどじゃない。ほらお由、気をしっかり持って」

藤さんは声をかけながら茶碗の水を口に含むと、朦朧《もうろう》としているお由姉さんの口へと移した。見ているほうがどきどきしてしまう。

お由姉さんは細めた目でまわりを見回すと
「お長……いつ帰ってきたの?」

と尋ねた相手は私ではなく、藤さんだった。

「いやあ、俺は本当に目を回したかと思ったぞ。さあ、薬だ。飲みなさい」

お由姉さんは柔らかな笑みを滲ませた。

「もう、こんなに嬉しいことはないと思ったら気が遠くなってしまって。そのまま死んだら、この先、苦労することもないのに」

「どうしてお由姉さんはそんなこと言うの」

と私は訴えた。

「そうだぞ。これからは俺がついてるし、たとえ死にたくたって殺してなんかやらないぞ。なあ、お長坊」

「そうです。ねえ藤さん、これからもどうかお由姉さんや私の力になってください。そうじゃないと心細くて仕方ないから」

一方的で身勝手なお願いだとは重々承知だけど、今の私の正直な気持ちだった。七輪の炭を足し、白湯《さゆ》を汲《く》んできて、お由姉さんに飲んでもらう。

「そうだ、藤さんが平岩から取り寄せてくれた食事を運びましょうか？」

「そう、ね……あたしはもう気分は良くなったから、お燗をつけて藤さんにあげてくれる？　冷めてしまったものは雪平《ゆきひら》鍋か小鍋で温めるといいよ」

はい、と私は台所へ向かう。その間に藤さんとお由姉さんは向き合っていた。

「本当に、大丈夫か？」

と優しく言葉をかける声が聞こえてきた。

「はい。大丈夫です。七年前からの記憶をずっと今たどっていて、今日こうしてまた会うことができて、死んでも本望ですから」

「嘘ばっかりついてるぞ、おまえは」

「え？　嘘なんてついていませんよ。憎いひと」

「俺だってかわいいと言われるような真似はできないけどな、憎まれるような振る舞いの中にこそ真実があるってもんだ」

「そんなこと言ってると、女に執着されるばかりだから気をつけてくださいね」

「おまえこそ男を惑わせた報いがあるかもしれないな」

「いつ、あたしが男を惑わせたって言うんです？」

「別れてた間のことは知らないが、まず藤兵衛という男をひどく惑わせたじゃないか。なあ」

「此糸さんや米八さんには熱を上げたかもしれませんけど、あたしのようなものに惑うの惚れるのなんて気遣いは無用ですから」

　雲行きが怪しくなってきたので、私はひとまずお酒と肴を順番に運んだ。お由姉さんもそれを見て布団を出た。

「心配だから、おまえはやっぱり寝ていたほうがいい」

「いいえ、意識ははっきりしましたから」

　お由姉さんは鼠がかった藍色の縦縞のどてらを羽織ると、火鉢のそばに座り込んで引き出しを開けて盃を取った。藤さんの前に差し置き
「お長、おまえも一緒にここへいらっしゃい」

と声をかけてくれたので、私は、魚を焼いたら行きます、と答えた。

「それなら藤さん、先に始めましょうか」

「それじゃあひさしぶりにお酌をしてもらうかな」

藤さんがお猪口を取り上げて宴会が始まると、その日はゆっくりと三人で遊んだ。夜になって私の給金を藤さんが払って自由にしてくれるという相談がまとまったので、私は飛び上がるほど嬉しくて感謝の涙を流した。

藤さん曰《いわ》く、お由姉さんの七年間の清廉潔白女だてらに勇ましい生業《なりわい》の苦心行いに関しては、小梅のお由という異名と共に流れてくる噂を十分聞き知っていたので疑う余地もなく、これからは誠意を持ってお由姉さんを労《いた》わって不自由なく生活させたい、とのこと。もちろんお由姉さんも私も感激した。

けれど藤さんは翌日帰っていったきり五、七日間ほど音信不通になってしまった。私たちは昼夜もなく待ち明かした。

障子に影が映ったから開けてみても、ただの鳥の影。わびしく雨だけが降り続けた。花にとってはお乳のような恵みの雨も、私たちにとっては千々に心を引き裂くだけだった。

色んなことを案じて煩っている私たちのもとへ、四十歳ばかりのもったいぶった男が一人訪ねてきた。

「どうもどうも、ちょっと失礼しますぞ。木場の藤さんはこちらにおいででしょうか?」

と言われたので、私は思わず走り寄って
「まだこちらにはおいでになっていませんけど、私たちもずっと待っていて、かならずここへ立ち寄るはずなんです。なにか用事があればお伝えします」

と教えると、男は眉根を寄せた。

「そうですか、はあ、困ったものだ。あれが表沙汰になれば、いくら藤兵衛さんでも無罪が証明されるまでは牢部屋《ろうべや》へ行かなくてはならないはずですからな。今のうちに早く内々で解決できればいいのですがねえ」

とひとりごとを言うのを奥で聞いていたお由姉さんが
「お長。その方をこちらへ通して」

と私に言った。

「良かったら、ちょっと上がってください」

「はあはあ。それなら、ちょっと失礼しましょう。こちらとしてはお目にかかってできるだけ表沙汰にしないようにと思いましてね」

と不穏な言葉を重ねるので、私は茶碗に茶を注ぎながら
「あの、お茶をどうぞ」

とひとまずもてなした。

「いやいや、どうぞおかまいなく」

男は言いながらも、家の中を見回して
「誠にけっこうなお住まいで。これなら藤さんも方々への出費がかさむわけですな。つい無理なこともしてしまうわけだ」

と私にも心当たりがあることを、聞こえよがしに呟く。

辛抱しかねたようにお由姉さんが立ち出でて
「よろしければ、こちらにいらしてくださいね」

と声をかけた。

「どうもどうも、これはお世話様です。お邪魔だとは思いますが、少しご一緒させていただければ。しかし今の今までこちらに来てないようでは、藤さんは来ないでしょう。それだと、なお難しくなるんですがねえ」

男はしきりに気を揉んでいる。それを聞くお由姉さんはもちろん私も胸騒ぎを覚えた。二人で顔を見合わせる。聞き捨てならない藤さんの一大事とはいえ、実際に聞け

ばつらくなりそうだし、かといって事情を知らなければ心配なままだし。そもそも牛島の角文字のごとき歯抜け男の不明瞭な言葉は聞き取りづらくて仕方ない。

そのとき台所からこちらを覗く不審などてら姿の男が

「ちょっと、五四郎さん、こっちへ」

と声をかけたので、男はなにやら外へと出て行った。

「……岡八。なんだ、頼んだ用なら、もうちょっと……」

「とても内々にはなりませんって」

「そうか。困ったものだなあ……」

なんて意味深な会話を交わしている。本当にいったいなにが起きてしまったのだろう。

米八

梅が一輪開くごとに暖かさを増していき、日差しに雪もとける。憂うことの多い仲町裏の仮住まいにも春は訪れる。

そんな仮住まいでさえ、三味線の糸のごとく愛しい丹さんのためにあたしが仕送りをしているから成り立っているのだ。

当の丹さんは文使いとは名ばかりで、ほとんど仕事なんてないと言ってもいい。だから俳諧の点者をしてみたり、二上り新内や都都逸の新しい文句を作ったり、友達の寄合や茶番劇のオチの師範をしたり。若旦那だった頃の姿とはなにもかも違って、その日暮らしだ。

ところで婦多川の花街は粋と情けの源であると同時に、浮世の流行を発信する場所でもある。辰巳の伊達衣裳から模様の好み、染めの色まで。羽織芸者は多い中でとくに有名なのは、政吉、国吉《くにきち》、浅吉《あさきち》、小糸《こいと》、豊吉《とよきち》、久吉《ひさきち》、今助、小浜《こはま》あたりで、これに続くものはあんまりいない。婦多川花街の七場所で噂される精鋭八人。彼女たちの名前を知らないようではとても婦多川通とは呼べないくらいだ。

なんてことはさておき、あたしがいつものように仮住まいへと急いでいたら、丹さんが家の中から障子を開けて、路地の左右を見たところだった。

「ちょっと、そんなやきもち焼くのはこっちのほうだからね」

笑顔で捨て台詞を口にしたのは、年頃は二十一、二歳の女だった。洗い髪の島田の髷はほつれて少しだけ横に曲がり、湯上がりの素顔は嫌みなく綺麗で、目のふちは桜色にほんのり染まり、まさに今までのぼせるようなことをしてましたと言わんばかりの風情。間違いなく女芸者の仇吉《あだきち》だった。

仇吉が浴衣を抱えたまま歩き出したところに、ばったりと顔を合わせて
「どうも。偶然」

すまして声をかけてみれば、仇吉はぎょっとしたように
「どうも、こんにちは。米八さんは今からお風呂？」

と返した。どうも二人は怪しい、と前から疑っていたので、あたしは感情をおさえて右手に抱えた浴衣を左手に持ちかえた。頭に挿した銀の簪の珊瑚《さんご》玉をつまんで、眉根を寄せて髱《たぼ》を掻きながら
「丹さんはもう起きてる？」

と尋ねてみた。

「どう、でしょう。たぶん起きてると思うけど」

「たぶんもなにも、今、丹さんの家から出て来たけど？」

「まさか。外から声をかけただけだし。べつに言い訳することでもなし、用があれば行くことだってありますから。ああ、湯冷めして寒くなってきた」

仇吉が癇なことに開き直ったため、あたしたちは険悪なまま擦れ違った。

あたしはわざと丹さんに声をかけずに、出し抜けに戸をがらっと開けてやった。

丹さんはうつむいて書き物をしていたけれど、おそらく仇吉が戻ってきたと勘違いしたのだろう。見向きもせずにのんきに
「あれ、なんか忘れた？」

などと訊くので
「そ、言い残したことがあって来たの」

と言い放つと、丹さんは仰天したように振り向いた。

「なんだっ、米八か」

「そんなにびっくりしなくてもいいじゃん。あたしだってこの家に来ちゃいけないってわけじゃないんでしょう。仇吉以外は立ち入り禁止だって言うなら、路地口に札でも出しておけば？」

「なにまた、つまんないこと言ってるんだって。今しがた三孝《さんこう》さんが来て」

「ふうん。三孝さんが島田に髪を結って？　どんな茶番だよ。もうたくさん。聞きたくないっ」

と土瓶のお茶を茶碗に注ぐと、憎らしいことに水だった。

「なにこれ、冷たい！　あー、ばっかみたい。火鉢の火ぐらいおこしておいたらどう？　そんなに夢中になって忘れてた？」

「なんで、そんなに嫌味ばっかり言うんだよ」

「言っちゃ悪いわけ？　ああ、悔しい！　やってらんない」

と水瓶《みずがめ》のそばへ茶碗を投げつける。からからと虚しい音を立てて転がった。

「静かにしろよ。外に聞こえるだろう」

「そうだよねえ、仇吉さんとはさぞ静かにこそこそした真似を。ま、あたしたちは夫婦だから遠慮しなくたっていいだろうけど」

「おまえも本当につまんないこと言い出すよ。素人みたいな嫉妬はよせよ。仇吉はたしかにさっき障子越しになんか言ってたけど、おれはろくに返事もしなかったんだよ。悪推量にもほどがあるって」

「あっそ、あたしの悪推量なんだ。外から声をかけて、なんかの合図に簪を放り込んだと。まるで歌舞伎の手裏剣飛ばすのがお決まりの二番目だね！　仇吉さんも二番目だけに。それともあたしが二番目なわけ？」

「だから、よく分かんないことを言うなって」

「なにが分かんないの？　これ見なよ。仇吉さんが普段から挿してる、梅花の紋に仇って字がはめ込んである簪。なんでこんな物がここにあんの？」

「……嘘つくなよ、そんな物がここにあるわけないだろ」

「は、あきれるね。じゃあ、よく目を開けて見てみたら」

「あー、もうなにがなんだかおれにも理解できないよ。こんな不思議なことが起きて疑われるなんてさ」

などとまだ言い張るので、あたしは悔し涙を流しながらも力尽きて、丹さんにしがみついた。なにも言いたくなくて、言葉もなく泣いた。

「米八。ちょっと、ちょっとだけ我慢して、おれの言うことを聞いてよ。たしかに仇吉は親切にしてくれて、時々はここに寄って、おれに言い寄るときもある。だけど、おれの心がよそに移ることなんてあるわけがないだろ。食事の世話も米八にしてもらって、中の郷からの引っ越しやらなんやらで物入りの続く中、着物の一枚ずつもこしらえてもらってるのに浮気なんてできないって。本当に、大丈夫だから。案じるなって、ね」

なんて気休めをいわれたところで、今日という今日はまったく気が休まらない。

「中途半端にあたしが丹さんを世話してたって、それで夫婦になれるんだったら恩でもなんでもないけど。お長さんだっているし、ほかにもこんなことがあったら、あまりにあたしがかわいそうじゃないの。あたしがこうしてることで、丹さんが男妾《おとこめかけ》みたいに言われないように気まで遣ってるっていうのに、なんで丹さんはふらふらする気になれるわけ」

「なんでそんなに不満だらけなんだよ。本当のかみさんみたいで嬉しいけどさ。もう、いいかげんにしろって」

ぐいっと引き寄せられそうになって、あたしは冷たく振り払った。

「あたしじゃなくて、明日の晩の隅田川で仇吉さんに同じことしてあげたら？」

「なんで、明日の晩。考えてもみなかったことを」

「考えたこともないなら、これを見な」

とあたしは口上書きを取り出して、突きつけた。


『明日の約束覚えてる？　米印はタイミングが良いことに津藤《つとう》の催しで、今助、大吉、桜川一同との芝居見物の予定が入ってるので、夕方に例の場所で会おう。来てくれるの、おれも楽しみにしてます。もしお客が解散にならなかったりしたら水の泡だから、明日の晩は座を適当に外すようによろしく。絶対に米八には気付かれないように気をつけて。』

「宛名は破れて無いけど、昨夜、一座のお座敷で仇吉さんが懐から落とした手紙の差出人は間違いなく丹さんだよね。お楽しみの固い約束、これでも思い当たらないって？　よく見てみなさいよ」

丹さんに手紙を押しつけると、さすがになんの言い訳もできずに黙ってしまった。

そこに呉服屋の若い男が障子を開けて

「お邪魔します、お召し物ができました」

と越後紬《つむぎ》の鼠の棒縞に黒七子の半衿が掛かったどてらを出した。

「ちょっと待て。おれはそんなの誂《あつら》えたりしてないけど」

「おおかた仇吉さんがよこしたんでしょう」

あたしは言い捨て、呉服屋の若い男に向かって

「たしかに受け取ったから。あとのやつも羽織の衿をよく返るようにして、早く仕立ててくれって伝えて」

と頼んだ。

「あ、はい。もうご注文いただいたんでしたっけ」

「五、六日前に頼んだから」

「それは、かしこまりました」

と呉服屋の若い男は引き返していった。

「さ。せっかくあたしが頼んだんだから、嫌々でもいいから、ちょっと着て見せてよ。裄や丈が間違ってないか確かめるから」

「おお、そう、か。それはありがたいな」

丹さんは恐縮したように小さくなって着物を引っかけた。すっかりシュンとした様子に、あたしはちょっと気を良くして
「そんなに怖がって着ることないじゃゃん。継子《ままこ》がよそゆきでも誂えてもらったみたいに」

とからかった。

障子越しに由次郎さんの声がして
「米さん、こっちにいますかね」

と尋ねた。

「ああ、由次郎さん。ちょっと早くない？」

「そんなに早くないですよう。みんな、そろそろ出かけるそうで。おれもちょっと用があるから、高雄の茶屋に行ってきますよ」

と伝えて去っていく。

「じゃあ、あたしも支度しようかな。丹さん。まさか今日は隅田川へ行ったりしない

よね？」

「行くわけないじゃん。こんなかわいいやつがいるのに」

丹さんはこの期に及んで調子よく抱きついた。

「やめて。つまんないこと言うのは。子供騙《だま》しだよ」

「おまえこそ、藤公に責め落とされるなよ」

「丹さんじゃあるまいし」

とばっさり切り捨て、とはいえやっぱり気になって心残りのまま外へと出て行く。

あんなふうに火がついた二人の仲、絶対にこのまま大人しく消火されるわけがない。

四

お長

私とお由姉さんは藤さんからの連絡を待ち続けた。それなのに一向に音沙汰がない。

そのうちに気になる噂まで耳にしたものだから、お由姉さんが覚悟を決めて

「五四郎さん。今の言葉、詳しく説明していただけないでしょうか。藤兵衛さんになにか良くないことでもあったのですね」

と尋ねると、五四郎さんはまさにと言わんばかりに膝を寄せた。

「どうも、とんでもないことになりましてな。なにせ藤さんは木場の材木問屋の中で一番の金持ち。しかも男らしくて顔も広く、誰一人指さして悪く言うものはいなかった。ところが今度ばかりは少し難しいことになりまして。ほかでもない、あんまり付き合いが広くて無駄遣いも際限なく、懐具合が悪くなったわけで。それはとにかく今日私が訪ねたのは、寮防町のお熊というばあさんの抱えである、お蝶という子の給金を」

なんて話になったから、私はお由姉さんと顔を見合わせた。そんな言い方をされたら悪い想像しかできなくて、心細くなって涙ぐんでしまう。

それを見た五四郎さんがなぜか一瞬だけ笑った気がした。だけどすぐに私の気のせいだろうと思い直した。

「それで、藤兵衛さんが給金を残らず支払ってばあさんに渡したはいいが、藤さんが帰った晩になぜか泥棒が入って盗んでいった。藤さんには関係ないと思うでしょうが、泥棒が入った後には藤さんの鼻紙袋が残ってた。しかも中には証拠の名前の証文まであったから、ばあさんは、藤さんが盗みに来たと推量して、紙入れを証拠に訴え出ると言い出しましてな。たまたま居合わせた私が事情を聞いて、少しは藤さんとも面識のある身としては聞き捨てならないと、昨日から訪ねてるものの、そろそろ内々にしておくのも難しくなってきた。仕方ない話ではあるのだが、お熊にせめて金を半金でも渡せば内輪だけの話に」

と説明している間に、岡八とかいう者が外から声をかけた。

「五四郎さん。お気の毒ですが、お代官様のところへお熊を行かせましょう」

「おいおい、岡八。どうか今日一日ぐらい延ばしちゃくれないか。よもや藤さんもこんなことになってるとは知らないだろう。しかし困った」

たまりかねたようにお由姉さんが尋ねた。

「どうか、ここだけの話にすることはできないのでしょうか？」

ふたたび縁あった藤さんの思いがけない困難に、お由姉さんと私はすっかり途方に暮れた。

「お長坊。まさか藤さんが盗みなんて、そんなこと」

「はい。そんなことするわけない、他人のものを盗むなんて」

「そんな人間じゃないことは分かってるが、紙入れという証拠がある。お熊ばあさんも心の中では、藤さんが置き忘れていったんじゃないかと薄々勘付いてるだろうが、自分の不手際で金を盗まれたんだ。どこに頼るわけにいかないものだから、なにがなんでも藤さんを訴える気になったのは生まれつき強欲な女だから仕方ありませんな」

お由姉さんは五四郎さんと相談して、貯《たくわ》えていたお金少々と衣類なんかを取り集めて十五、六両ほどの品々を風呂敷に包んで素早く渡した。

五四郎さんはそれを受け取ると

「いやいや、私は藤さんを訪ねてきたはずだが、こうなっては仕方ない。乗りかかった船ですからな。それならこれを質屋に持っていって、まあ、ざっと半金になるだろう。とはいうものの藤さんにとっては無実の罪。真犯人が見つかった日にはただちに返す品々ですから。数を書き付けにでもなさいませんか？」

「だいたい覚えていますから。それよりも早くにお納めください。藤さんが来たら、あなた方の話をしますので。お宅はどちらでしょう？」

「え、ああ……私はお熊ばあさんの近くの裏長屋にいます。いずれまた明日までにはこちらへ参りますよ」

と風呂敷を背負って出ようとしたとき、外からおにいさまが訪ねてきた。五四郎さんと突き当たると、おにいさまは表情を変えた。

「おい。ひさしぶりだな、松兵衛。いいところで会った。ちょっとそこへ座れ」

「……おひさしぶりですな、若旦那。ちょっと私は急用がありまして」

「ふざけんな！　この泥棒。おまえのせいで、おれは日陰の身になって大変な思いしてるんだ。畠山様のところに引きずって行って、宝の行方、金子の行き先、主人の判を偽造した重罪をぜんぶ表沙汰にしてやる。一緒に来い！」

おにいさまは飛びかかったものの、五四郎さんに振り払われた。

「元主人と言ってもたかだが三、五日。それを下手に出りゃあ付けあがりやがって。覚えもない宝だ金だと、畠山どころかお上から呼び出されたって行きたくなけりゃあ行くものかっ」

と五四郎さんは駆け出した。さらに組み付くおにいさまを今度は岡八が引き倒して
「おまえこそ昼トンビの盗人めっ。さあ、五四郎さん。いそいで」

おにいさまの顔をこぶしで二、三回殴りつけたものだから、私は悲鳴をあげた。

二人が逃げ出すと、私はおにいさまに走り寄って
「おにいさま、丹さん。怪我《けが》はない？　いったいどういうことなの」

と泣きながら訊いた。お由姉さんも門の外へと出てきた。

田んぼの畦道を振り返ると、逃げ出したはずの五四郎さんと岡八の衿を摑んで投げ

たのはなんと藤さんだった。

藤さんがいきなり現れて、私もお由姉さんも状況が上手く飲み込めずにいた。

「観念するんだな、この泥棒ども」

藤さんが五四郎さんの腕をねじると、その隙に岡八がぱっと逃げ出した。追う間もなく正面に立ちはだかったのは立派なお侍様だった。行き違いざまに岡八を簡単に捕まえてしまうと、こちらへやって来て

「藤兵衛。そいつを逃がすんじゃないぞ」

と声をかけられて、藤さんは驚いたように言った。

「誉田《ほんだ》の次郎様じゃないですか。これはこれは」

こわごわ私が出迎えて案内し、藤さんがあらためて頭を下げる。

誉田の次郎様は頷いて、たなびく霞ならぬ縄を引いて五四郎さんたちを笹垣《ささがき》の内へ追い立てた。屠所《としょ》へとひかれる羊のごとく死にに行くような風情だけど、実際は冬の間にひつじ稲も枯れて、今は春の七草の季節。七草粥《がゆ》の福もどうやらこの悪人たちには届かなかったみたい。

後からおにいさまと藤さんの話をかけ合わせて、私たちはすべてを知った——。

そもそも五四郎というのはおにいさまが養子に出た先の番頭で、松兵衛という名の悪者だった。

唐琴屋の鬼兵衛と組んでおにいさまを騙し、たちまちその家を潰して、借金その他をおにいさまになすりつけて、畠山様の家のお宝を梶原家に売ってしまった。そのお金を持ち逃げして酒と色と賭け事に使って雲隠れ、近頃では木場の藤さんのところで番頭になっていたという。

藤さんが先日、上野信濃《こうずけしなの》の山林業者のもとへ商売のために旅立たなくてはいけなくなったときに、五四郎に私のことを詳しく話してお金を預け、お熊との話し合いを頼んだのだった。お由姉さんのことも残らず打ち明けて了解させた。

ところが藤さんもさすがにお母様の手前、遠慮して内々で済ませるように計らったために五四郎の生まれ持った悪い心が芽を出した。

主人の藤さんが長旅で一カ月くらいでは帰らないと踏んで、一番番頭の目をかすめてお店のお金を十両ばかり盗み、お熊へは一、二両渡しておいて、こっちまで話が届かないようにした。

そして今日、お由姉さんと私のところへやって来て、仲間の岡八と二人がかりで私たちを騙して、お金や衣類を持ち逃げしようとしたために、ようやく天罰が下った。

藤さんは商売の相談が途中で整い、早めに帰ってきたら五四郎がお金を持ち逃げした挙句にお熊の件も片付いていないと知り、ここまでやって来て五四郎を捕まえたのだった。

誉田の次郎近常《ちかつね》様は、悪者たちを庭の木立につなぐと、仮住まいの座敷に上がられた。

皆で畳に頭をつけて、このたびの不思議な訪問は、と誉田の次郎様に尋ねたら

「私が今この岡八を捕えたのは、主君重忠《しげただ》様の指示によってかねてより捜していた罪人だからである。そちらが捕えたのは、丹次郎という者に濡れ衣を着せた松兵衛という者らしいが、どういう事情があったのか詳しくわけを知りたい。過去にも余罪があるならば、岡八と共に問注所に連れて行く。さあ、その手で捕えた悪人たちの悪事を話してもらおう」

と言われたので、藤さんが一部始終を語った。私とお由姉さんは五四郎の悪事の数々にふるえた。おにいさまも陰で耳をそばだてていた。誉田の次郎様の家来たちも垣根の外に待機している。

誉田の次郎様は門より家来たちを呼び入れて、五四郎と岡八を引き渡して牢屋行き

を告げた。彼らは悪人二人を連れて立ち去っていった。

「ところで藤兵衛。かねてより頼んでいたことは密《ひそ》かに上手く進んでいるか？　それとも未だに真偽のほどは分からないか。ただ、それはともかく、この家の様子を見れば女主の住まいであることは明白である。長居するのも悪かろう。また、内々のことを他人の前で尋ねるのもどうかと思うが……」

「これは身内も同然ですから少しもご遠慮は。とはいえ、皆にはしばらく席を外させましょう」

と言うのを聞いて、私やお由姉さんは慌てて立ち上がり、お勝手へと移動した。

藤兵衛

女たちがいなくなったので、さっそく近常様に例の話を切り出した。

「例の一件を詳しく調べましたが、もとは唐琴屋の養子で、さらに他家に養子へ行き、その家の破滅によって無実の罪を着せられた丹次郎こそ、素性《すじょう》は例の血筋に相違ありません」

「……やはり榛沢六郎《はんざわろくろう》の隠し子で、生れ落ちるとすぐに母親もろともよそへ出された丹次郎だったか。六郎成清《なりきよ》に頼まれたわけではないが、同役のよしみもあり、子を想う親の心を察して長年探した甲斐《かい》があった。ようやく報われて満足である。時期を見て、親の六郎と対面させたいところだが、丹次郎の放浪生活の只中《ただなか》、宝の一件で訪れたときに十五、六歳の顔立ちの整った娘とどうやら深い仲にあると知り、ほかにもあれやこれやと心をうつしていると聞いては、堅い六郎との親子対面は難しい。この近常が請け合ったものの、妻はいるわ浮気はするわでは歳のいった成清に恥ずかしい思いをさせるだけだろう。たとえ家督とまでいかなくても、榛沢家の嫁といわれても大丈夫な女たちなのかを知りたい」

「そちらも手を替え品を替え、色んな方法で試してみたところ、いずれも真実の愛を持って丹次郎に尽くしている様子でした。またこの先も少し様子を見て」

「そうだな、すべてにおいて如才ないおまえのこと。今後ともよろしく頼む」

「毎度、お屋敷にお世話になっている御恩を考えれば、榛沢様にも近常様にもこれくらいの御用はお礼の百分の一にも。ところで奥様からも実は頼み事をされていまして。近常様が以前手をつけられた相手が、そのとき身ごもった様子ではあったもののはっきりとは分からなかったとのこと。その後は無事に安産し、その子を連れていずれかへ縁づかれたことまで知れたので、行方を探してほしいと言われて色々探ってはおりますが、今のところまだ手がかりが」

「……それは、まったく知らなかった。しかし、そんな詮索は無用だ。十五年も昔のことだからな。すっかり忘れていたこと。いや、なに。六郎が世話をしなかった子のことを気にかけるのは同役のよしみだけではなく、未だ榛沢家に家督を継げる息子がいないからだ。それは主君への不忠でもあれば、先祖にとっても不幸なことだからな。一方この近常には愚妻の産んだ子供が二人もいる。妻に頼まれたからといって、おまえが私の子供探しにまで骨を折ることはない。くれぐれも忘れてくれ」

近常様は二人を座敷に呼び戻すと、丁寧に挨拶までされて去っていかれた。丹次郎は遠慮して、とっくに帰っていた。

残されたお由とお長に向かって

「二人ともさぞ驚いただろう」

と声をかけた。

「まさか騙されてるとは思わず……あなたの顔を見るまではどんなに不安だったか」

「本当に、私のことで藤さんがどうにかされてしまうなんて、悲しくてどうすればいいか分からなくなって」

「そりゃあ、そうだろうな。もうちょっと俺の来るのが遅ければ、すっかりあいつらのいいようにされていたところだ。おお、あんまりごたごたしていたから、話すのが遅くなった。ここに来る前にお熊のところに寄ったんだ。金はこの前渡したが、お長坊の証文が見当たらないと言うから、となりの家の者を保証人にさせて、今日までに証文を渡すように頼んでおいたんだ。

それで取りに寄ってみたら、なんとお熊のばあさん、毒魚《ふぐ》に当たって死んだっていうじゃないか。熊が毒魚《てっぽう》に当たって死ぬとは、まるでこりゃあ落語のオチだ。あんなに欲張ったところで、死んでしまえばどうすることもできない。幸せなのは借家の保証人だ。お熊は身寄りがないから遺産なんかも転がり込む。弔いが終わるとすぐに家の中の棚もなにも売る相談をして、長屋の道具屋が来て値段をつけて、長屋中は大笑いで泣く者なんていやしなかった。いっそ葬式も一緒に引き取らないかと道具屋に冗談言って笑ってたぞ。まったく、人間っていうものは欲張っていいことはないな。仏様も言ってる、妻子《さいし》珍宝及王位《ちんぽうきゆうおうい》、臨命終時付《りんみようしゆうじふ》随者《ずいしゃ》ってな。妻子も珍しい宝も王位も死んだときに持っていけるものでなし。まあ、こんな年寄りみたいな野暮はやめよう。

それよりもお長坊、そんなわけだから、おまえの体はもう誰のものでもなく自由の身だぞ」

「本当に、ありがとうございます。藤さんのおかげです。だけど……お熊もなんだかちょっとかわいそう」

「まあなあ。おまえの性格だったら、いい気味だとは思わないだろうが。なに、善悪共にかならず報いがあるもんだ」

「そう考えると、怖いものですね」

とお由はしみじみと漏らした。

「そういえば、今日は大事な日だった。こうしちゃいられないぞ。駕籠を出してもらって、いや、船のほうがいいな」

「どうして？　今日はぜひ泊まっていってください」

「そうですよ。なにを思い出して急に帰るなんて」

「じつは遊びに来たものの、今日は巳の日だった。洲崎に参拝に行くのを忘れてたんだ」

「弁天様のところですか？」

「そうだ」

「それなら、お由姉さんと私も一緒に連れて行ってください」

「いや、さすがに遅くなったから今日はよしたほうがいい。俺も急がないと」

と言ったところに午後四時の鐘が鳴り響いた。今日はずいぶん時間があっという間に経つ。そうぼやきつつお由の家を出発した。

向かう途中で耳に挟んだのは米八と丹次郎のことだ。あれほど心から尽くしたものの最近では芸者の仇吉と丹次郎の深い仲が公然となり、丹次郎とも喧嘩が絶えないという不名誉な噂まで立っている。富岡八幡宮では仇吉の柏手《かしわで》どころか平手打ちに遭い、米八が恥をかかされる始末。

米八の行方を探していたら、闇夜に紛れて仇吉を追いかけていくところに遭遇した。夜ともなれば人目につかないのを幸いとばかりに駆けていく後ろ姿に、米八待てっ、と声をかけると、米八は驚いたように振り返った。

「藤さん、どうして」

「びっくりしただろうが、今、途中でおまえの喧嘩の噂を聞いたんだ。さぞ悔しかっただろうが、気を静めておれの話を聞け。どれだけ『傾城水滸伝《すいこでん》』や『女八賢伝《おんなはつけんでん》』が流行ったところで女の喧嘩には色気がないぞ。これまではとにかく、これからは見過ごせない縁もある。今夜は俺の言うことを聞いてくれ、いつもの口説き文句じゃないから。もし、おまえが心を尽くしてきた丹次郎を大事に思って一生連れ添う気があるなら、芸者の意地や争いの決着はこの俺に任せてくれないか？　さっき桜川とも相談した。立派におまえの顔が立つようにしてやるから」

こっちがまくし立てると、米八にとってはあまりに思いがけない提案だったのだろう、やや不審そうな顔をした。

「それなら、藤さんがいつもあたしに言ってたことは、あれは」

「もちろん気を引くためだったが、そこまで丹次郎に誠心誠意尽くす覚悟があると知った今はこの俺が一肌脱いで世話することに決めた。そのつもりでいったん帰って時期を待てばいい、な」

と半ば無理やり米八を連れて家に帰らせた。

その後はこっちの計らいで、大勢の芸者を集めた席で丹次郎と仇吉の手切れをさせて、米八の顔が立つようにしてやり、一件落着。そろそろこのやっかいな話も終盤だろう。

お長

近頃のお由姉さんは、牛島の寮ですっかり塞ぎ込んでしまっている。

めぐりあひて見しやそれともわかぬまに雲隠れにし夜半《よは》の月かげ、といえばいいのかな。それとも、あひ見ての後の心にくらぶれば昔は物を思はざりけり、というほうがしっくりくるかな。

苦労を共にしてたくさん助けてくれたお由姉さんのすぐれない様子に、私は心配になって
「あの、お由姉さん。この前からずっと塞いでる様子だけど、いったいどうしたの？」

と尋ねてみた。

「今は世話をしてくれる藤さんっていうひともできて、心強いはずなのに。もっと嬉しそうにしても」

「そうね。おまえは心優しい性格だから、あたしの元気がないと心配して暗いのが移ってしまうと思っても、つい一つのことしか見えなくなるタチだから、今までのさばさばした振る舞いもできやしない。ただ心細くなるばっかりで」

と言いかけたところに、勝手口に四十歳を過ぎたくらいの奥様風の女性が立った。たしかにここだと確かめるように頷くと
「ちょっと失礼いたします。お由さんのお宅はこちらでしょうか」

と訊いた。

「はい。そうですが、どちら様でしょうか」

「私は木場の大和町から参りました。お由さんに会ってお話ししたいことがあります。ご迷惑でしょうけど、ちょっとお時間をいただけませんか」

奥の部屋で聞いて、お由姉さんは木場といえば藤さんのことだとぴんと来たらしく

「お長。こちらへ案内して差し上げなさい」

と言いながら、中の間へと出た。藤さん絡みの女性と聞いて嫌な予感がしつつも、素直に従って妙齢の婦人を導く。

お座敷に三人そろうと、彼女はまじまじとお由姉さんの顔を見つめて、目に涙を浮かべた。

ひとまず挨拶を済ませると

「さっそくだけど、お由さん。ちょっと込み入った話になるので……多少遠慮していただいてもいいかしら」

と言われたので、私は察してお勝手へと出た。とはいえ障子の向こうからは話し声が聞こえてくる。お由姉さんの不安げな声がした。

「大和町、とおっしゃいましたね。それじゃあ、木場の藤さんの」

「そのことで……まずは、これを見てもらいたくて」

となにかを差し出した様子だった。

「その盃の書き付けは私の手で書いたもの。後日の証拠として間違いのないように」

お由姉さんはえっと声を詰まらせた。

「それじゃあ、まさか、わたしが五つのときにお別れしたお母さん」

「そうよ……とすんなり返事もできないような私を許して。どうか察して情のない母と思わずに」

と泣き崩れると、お由姉さんもびっくりしたように泣き声をあげた。

「許すどころか、父さんが生きていたときでさえお母さんが恋しかったのに、ましてや一人きりの今、夢のようで。だけどどんなに会いたくたって、居所を知るあてなんてなかったはずなのに、どうして、わたしがここにいることが」

と懐かしさと涙の入り混じった声で言い合う二人に、障子の陰で聞いていた私もこっそりもらい泣きした。たとえ障子を隔てていても、姉妹と誓い合ったお由姉さんの心と私の心には距離も隔たりもないのだから。

「ごめんなさいね、年甲斐もなく泣いたりしても、時間は戻らないのに。娘のあなたに今さら色々語るのも恥ずかしいけれど、今日こうやってあえて訪ねてきた事情を理解してもらいたいと思って」

と前置きして、お由姉さんのお母様は語った。

そもそもお由姉さんが五歳のときにお母様は二十一歳で、ずいぶんと年若かったのだ。だから、お由姉さんを産んだのは十六歳の暮れのこと。そして二十一歳のときに末の子を産んだものの、旦那さんがあまり運に恵まれず、相談して離縁したという。

旦那さんとお由姉さんは田舎の縁者をあてにして、お由姉さんのお母様は赤ん坊だった末の子を抱えて、末永くと契り合った夫婦の仲も虚しく一家はちりぢりになった。お母様は赤ん坊を里子にやって、乳母として勤めに出ようとしたけれど心労が募ってお乳が出なくなったために困窮していた折、藤さんの父親だった藤左衛門《とうざえもん》さんに見初められ、やむなく島田髷を結ってお妾さんになったのだった。

なんといっても驚いたのは、そのときに里子に出された妹が、婦多川で芸者として活躍している米八さんだということだった。お母様は藤左衛門さんには子供のことを隠してたので、米八さんを手元に置くことができず里親に任せていたのだとか。

米八さんが十三歳のときに里親が生活に困って、唐琴屋に芸者として売った。その頃、藤左衛門さんは患いついて色々不自由になってしまったために、奥さんにお妾さんのことを打ち明けた。お母様は木場の本家に呼ばれて、藤左衛門さんと奥さんと共に暮らして八年もの歳月が過ぎ……。

米八さんが唐琴屋に売られてきたのは、お由姉さんが佐倉で藤さんと契りを結ぶ前の年。ちなみにお由姉さんと米八さんが本当の姉妹だと知っているのは、お母様だけだという。

お由姉さんとお母様は二十一年の月日を経て、ようやく再会できた。お由姉さんが二十六歳。お母様はおそらく四十二歳。米八さんはたしか今二十二歳だから、ちょうど計算も合う。ややこしい上に、私の心中も内容もちょっと複雑だけど、お由姉さんが嬉し泣きする声を聞いて、本当によかったと思った。

「お由。今までの話はすべて過去のこと。今日来たわけはべつにあって、しかもおまえに頼みがあるのだけど、聞いてくれますか?」

「お母さん、あらたまった言い方しなくても親子なのに、頼むなんて他人行儀な」

「そうだけど、申し訳なくてね。この盃の三組の一番小さいのだけど、別れるときに後日の証拠として米八に渡してあります。藤さんのご両親には二十年余りもお世話になりっぱなしで、しかも義理とはいえ藤兵衛さんの母でもある私の娘たちまでが、藤さんにお世話になっていたなんて。たとえ両方知らなかったとはいえ、ねえ。

大旦那様が亡くなってから八、九年経つけれど、大旦那様がお元気なときとなにも変わらずに、奥様はわたしを実の妹と思って親切にしてくださっています。なんの不足もない家の中で、奥様の心配事は一つだけ。藤さんの身持ちのことです。これまでも道楽の止む間がないのだから、無理もないことだけど。本当になんの縁か、木場の本家に親子三人そろって恩があるなんて。あなたのこともお米のことも知らなければ知らないで済んだけれど。別れていても親子の情はあるし、いったん知ってしまったら世の人情にも関わる問題です。

どうかそれをよくよく理解して、しばらく藤さんが本宅に落ち着くように、あなたからそれとなく言ってほしいのです。聞けば唐琴屋には近頃は足が遠ざかっているとか。お米のほうもほかの座敷へ行っているみたいだから、頻繁に通ってるのはこちらでしょう。こんな母の頼み事を聞くなんて無理だと思うかもしれないけれど、なんとか聞き分けて、愛想を尽かすほどじゃなくていいから、少しは遠ざかるようにしてくれたら……」

お由姉さんは色んな義理に責められて、言葉もなく泣きじゃくった。

まさか米八さんが実の妹で藤さんともいい仲だなんて想像もしてなかっただろうし、二十一年越しに再会できたお母様からの頼みとあっては、本当なら、はい、と答えて想いを切らなくてはならない。だけどそもそも藤さんとは、米八さんのことも此糸さんのことも知らない七年前からの縁なのに。

二度とは巡り合えないものと悟って、偽りの女伊達で一生独り身と決め込んでいたところに私のことで再会を果たした。それなのに、もとの女伊達になって心をも入れ替えてまた一人に戻れというのはあまりに気の毒な話だと思う。だけど、お母様の言いつけに背くのも親不孝というものだし……。

お由姉さんの千々に乱れる思いを代弁するかのように、垣根の向こうから流行りの短い都都逸を唄う声が聴こえてきた。

うぐいすの歌を聴いてよ　梅の枝で鳴いている
粋な縁でしょう　あたしは琴を鳴らしてる
だけど重なる尺八が　一夜《ひとよ》ぎりだと教えてる
満開の桜を散らさぬためには　凧《たこ》の糸さえ邪魔だ切れ

お由姉さんは、今さら藤さんと別れてまた来る春を待つなんてできない、と嘆く。それでもお母様は、義理ある家の跡取り息子である藤さんの行いを正すべく、強めの口調で

「もう、いいから泣くのはおやめなさい。母親といったところで産んだきり二十年、なんの恩もないものね。突然訪ねてきて母親と名乗るなり、男と縁を切れ、母が恩ある家に対してすまないなんて、勝手すぎる話。みんな私が悪かったのです。ただ姉妹《きょうだい》は他人の始まり、とは言いますから。妹と張り合って、男を取られないように気を付けなさい。年を取ったあなたが相手と知れば、向こうだって素直には納得しないでしょう。人並みの親ならば厳しく命じることもできるだろうけど、なにもしてあげられなかったわけですから。親らしいことの言えない母がこの命に代えて、すべての始末をつけます」

と言い切って立とうとするのを、お由姉さんは泣きながら引き止めた。

「お母さん、そんな早々と。お願いだからわたしの話も聞いてください」

とお由姉さんは涙ながらに七年前に佐倉で藤さんに出会ってから一途に独り身を貫き、やっと再会できたことを打ち明けた。

それが今になって、生活のためにほかの男を釣って生きていくなんてできない、きっぱりとこれまで通り髪結と小梅の家の衣装や夜具の貸し出しでその日暮らしをして、亡くなった父親の命日にはお寺にお参りをして一生を送ります、と告げた。

それを聞いたお母様は困惑したように黙り込んだ。そもそも無理を承知の申し出だったはずで、おまけにお由姉さんの本気が分かった今、なにが正しくてなにが間違っているのか誰も判断できずにおさまりがつかなくなっていたところに、突然、四畳半の小座敷の障子が押し開いて
「お園《その》。義理を想っての藤兵衛の身持ちへの心遣いはありがたいけれど、お由は私も望んだ大事な嫁です。吉日を選んで、藤兵衛の正妻として迎えるつもりですよ」

と言う声を聞いて、私たちはびっくりしてしまった。

中に入って来たのは、五十歳くらいの尼様だった。鼠がかった藍色の羽二重《はぶたえ》に薄い藍色の裏地をつけて下も上着と同じ藍色。上品で落ち着いた出で立ちで現れて
「失礼いたしますよ」

と手を膝に置き、数珠《じゅず》を片手に座に着いた。

「……もしかして、この間、おとなりでお目にかかったご隠居様ですか?」

お由姉さんが思い出したように言った。

「お姉さん、どうして、このことをお知りになったんです?」

とお母様が訊き、右から左から問われた尼様はにっこりと笑った。

「さぞびっくりしたかしら。今日ここに来た私の心中はきっとお釈迦《しゃか》様でもご存じないでしょう。案ずるより産むが易しと言うけれど、産んでもいない娘がまさか私が実

の妹同然に思ってきたお園の娘で、それとは知らずに藤兵衛が夫婦の約束を交わしていたなんて。一方《ひとかた》ならぬ深い縁を感じていますよ。となりと庭が続いているために無遠慮とは思いながらも、話し声を耳に入れていたら、やり方こそ荒っぽいものの、藤兵衛のことを考えて実の娘に向かって縁を切れとは、お園さん、なんて義理の深いこと。

それに比べて私は息子に甘かったために、道楽続きで今さら嫁を探すのも、あちらのご両親の心中を察するとなかなか難しいこと。それならいっそ本人が気に入ったなら芸者でもかまわないのが今風かしら、と思っても、それもなかなか見当たらないし。さすがに三日も尻の落ち着かない女を家に入れるわけにもいかず悩んで、交際範囲の広い桜川が来たときに事情を話し、どうか息子の遊び先に、互いに想い合って添い遂げられる女がいるなら一日も早く我が家に、と頼んだのです。けれど唐琴屋は藤兵衛が若い頃に一時通っただけで深い縁はないらしいし、それなら米八は、と聞いたら、そもそも男女の仲かも分からないということでした。とはいえ婦多川へ自前になったのはすべて藤兵衛が世話をしたこと。それなら米八に直接と思っていたら、噂では丹次郎という男に操を立てて男嫌いを表明していると知り、こちらも難しいと悟りました。さすがにそんな相手に執心するほどばかに産んだ覚えはないと頭にきたけれど、男の意地で張り合ってふられても通っていると聞けば、まあ、頭から騙されて世話をしているわけでもなさそうだし。

色々気を揉んでいるうちに、近頃、お参りで親しくなったおとなりの方にお由さんの話を聞いて、それとなくお近づきになったというわけです。女伊達という噂に似合わず、優しく面倒見の良い人柄で、見た目にも素敵な方。これで心が浮気者じゃなければ藤兵衛の嫁にはできすぎた人だと思っていたら、近所の評判も問題なく一つも不足はないゆえに、今日は直々に木場の家に入ってもらいたいというお願いをしに来たところで思いがけぬ縁を知り、これもまた嬉しいことです。立ち聞きなんて罪深いと知りながらも嬉しくて、つい我を忘れてしまいました。だけどこちらはすっかりその気になっていても、お由さんとお園さんの心はいかがでしょう？　藤兵衛の本妻として来ていただくことは」

という申し出に、お由姉さんは幸せな夢を見ているような瞳に涙を滲ませ、声を詰まらせた。

ちょっと間があってから、お由姉さんのお母様が恐縮したように頭を下げた。

「おもいがけないご隠居様のありがたいお言葉は、今に始まったことではないとはいえ……いくらなんでももったいないお話ではないかと」

「はい、本当にあたしにとってももったいないくらいに、慈悲に満ちたお言葉ではありますけど、そうなると今度は藤さんのお世話で成り立っている米八さんがほかに頼るお客もなく、この先、どうなってしまうのでしょう。たとえ実の妹と知らなかったとしても、同じ女同士。心細さを想像すれば、この先が心配で」

「いやいや、そのことなら心配ない」

と障子を開けたのは、ほかならぬ藤さんだった。

「おや、藤兵衛。来たのですね」

「お母さん。おれがふらふらしているばかりに、そのお歳になってまで心遣いをされて。これからは心を入れ替えて、身持ちをあらためます。なによりお由を本妻に迎えるという慈悲深い話、野暮な気性ではできないことです。お由、よくお礼を言うんだぞ。お園さんもなにかとご親切に申し訳ない。しかし、これからは真面目《まじめ》になって皆を安心させますから。米八のことですが、初めは此糸の頼みで自前にしてやったものの、その後は出入り屋敷の畠山様のご家老、誉田の次郎近常様に頼まれて、心にもない執心を演じて探っていたまでのこと。だけど一向に乱れることのない心の操は、年端もいかない娘には信じがたいほどの気性だと分かったので、この藤兵衛が証人となって仲立ちして丹次郎どのと一緒にしてやりたいと思ってますが、これはちょっと今は詳しくは話せないので……とにかく俺が控えている間にもずいぶんと時間が経った。そろそろお母さんも飯時でしょう」

などと話を打ち切ったので、私は呆然として動揺のあまり涙を流すしかなかった。藤さんが急に、お長坊がいたらちょっとこっちに来なさい、と呼んだのにも答えることができない。

仕方なく次の間に出ていくと、お長ったら藤さんがお呼びだよ、と喜びに満ちたお由姉さんが言い、戸を一枚隔てただけで天国と地獄のような空気にさらされる中、着物の袂《たもと》を濡らしていた。

此糸

真実の恋に尽くすほど心は乱れて、この名の糸のごとく絡まったまま解けることもないのでしょうか。

一向に気分が晴れぬままに部屋で塞ぎ込んでいると

「花魁、お湯の支度ができましたよ」

と廊下から声をかけられました。

「ありがとう、すぐに入るから。糸花、ちょっと気をつけていてね」

「はい、心配はいりません。遣り手のお杉さんは今どぶ店へ行きました。すぐには戻らないと思います。早めにお風呂から出て、頭痛がするっておっしゃってて、少し休むって。昨夜はお客さんが重なって、すごく、じれったかったですね」

という言葉が含んでいるもの、これは。

わたしの本命である半さんの不払いが重なり、今は二階へ上がることを止められているために吉原の仲の町の茶屋でこっそり会っていたものの、それも薄々勘付かれたので、昨日から半さんを密かに部屋に隠していることでした。

「察してちょうだいね。ありがとう」

と目を見合わせて、心は戸棚に残しながらもお風呂へと急ぎました。

その間に起こったことは、後になってお風呂場で聞きました――。

糸花はわたしがいなくなると、戸棚を開けて
「半さん。窮屈でしょう」
と声をかけたそうです。半さんはそれに答えて
「オレの窮屈なんてどうでもいいよ。それより、おまえの心遣いにはこうやって手を

合わせて拝んでるよ」

などとこそこそ話していたとき、いつの間にか、糸花の背後に遣り手のお杉が立っていました。

「糸花」

「えっ、あ、はい」

「おやおや、なにかしらね、その返事の仕方は。ちょっと私の部屋へおいで」

「なにか用事ですか？　ぼうっとしていたところに声をかけられたから、びっくりして」

「脛《すね》に疵《きず》もって笹原を走るとはこのことかしらねえ。なんでもいいからおいで」

「はい……ただいま」

糸花は開けかけた戸棚をぴしゃりと閉めて、お杉に連れて行かれました。

そのとき、入れ違いに部屋に下働きやら寝ず番やらの若者がいっぺんに押しかけて、戸棚の中の半さんを引きずり出し

「此糸さんのお座敷には泥棒が入ったようだな。ほかのお座敷もせいぜい用心しろよ」

「見せしめのために泥棒を下へ引きずり出して、帳場の前で筋骨《すじぼね》を抜くほどの目にあ

わせてやろうぜ。人をめくら扱いしやがって」

と手足を押さえて殴る蹴るの制裁を加え、半さんは手向かいもできずにされるがままになりながらも、なんとか片手を合わせる仕草をして言いました。

「喜介《きすけ》さん、どうぞ、こう拝むから、オレはとにかく、帳場にこのことが知れたら、此糸がかわいそうだ」

だけど喜介はすぐにはねつけました。

「あきれるほどのばかだな、おまえは。泥棒を座敷に隠しておく花魁だって、同罪に決まってんだろう、かわいそうなもんか。高い金払った奉公人に手を出すなんざ、ずうずうしい色男め。色男金と力はなかりけり、なんて諺にあるが、弱いのは当たり前とぶるぶるふるえる様も癪に障るぜ。散々殴ってぶちのめして、恥かかせて、二度とこの廓に足を踏み入れないように、さ、早くこいつを担いで下へ連れていけ」

二階から引きずり下ろされ、帳場からも見えるところで半さんが悪態をつかれて暴力をふるわれていることをお風呂場で耳にしたわたしはすっかり取り乱しました。

あまりのことに胸が苦しくなって痛むのを押さえながらお風呂から出ようとしたところを、抱芸者《うち》の秀次《ひでじ》に引き留められて、小声で諭されました。

「待って！　花魁。さぞ悔しいと思うけど、家中が花魁の敵になって恥をかかせるようなやり方は、帳場で言いつけたみたいだから、今、中途半端に花魁があの場に飛び込んでいけば、さらに半さんにとって都合が悪くなると思う。この場は辛抱してやり過ごして、あとで恨みを晴らす方法を考えようよ」

なんとか気を静めたわたしは
「……ありがとう、秀次。親切に」

とお礼を言いながらも、悔し涙を流してしまいました。

半さんは好き放題に打たれて外に突き出されたのか、一度にどっと笑い声が響きました。秀次さんにいさめられて素知らぬふりをしながらも、心のうちでは、誰かの告げ口でこんなことに、と悔しさと無念でいっぱいでした。

たしかに今は二階を止められている半さんだけど、以前は店の若者にも目をかけて心づけのお金も渡していました。そんな人をいたぶるなんて、たとえこんな商売だってあまりに人として非道で薄情ではありませんか。

半さんをこっそり隠しておいたのは悪いことだけど、自惚れを承知で言わせてもらえば、わたしは吉原の中でも数えるほどの売れっ子。売上にだって、ずいぶん貢献したはず。少しは大目に見たっていいくらいなのに、こんなことになっては禿や新造たちにも顔向けができません。

あまりの辱めに胸を痛めながら廊下を通って中の間に行くと、鬼兵衛と保証人の蔭《かげ》八《はち》が難しい様子で話し合っていました。

わたしを見た鬼兵衛は

「此糸。ちょっと来い」

と呼びつけました。

「すみません、湯冷めしないうちに化粧をしてこようと思って」

「いや、ちょっとでいいから、こちらにおいで」

と蔭八も言いました。

「蔭八さん。まあ、見た通りの始末だ。これで唐琴屋の看板花魁と言えんのか。こうって面目を潰されちゃあ、ほかの遊女にもしめしがつかないんでね。重いお仕置きをする方法もあるが、前の親方も此糸でずいぶん儲けたそうだし、それに免じて住み替えに出すしかねえな。此糸にはそのほうが好都合かもしれねえが、どこに移ったところで今みたいな真似はできないだろう。ほら、此糸。とっとと蔭八さんについて出て行け」

と言い切られたので、わたしは覚悟を決めて

「分かりました、それなら今、支度を」

と二階へ向かおうとすると、鬼兵衛は苦々しい顔をして首を横に振りました。

「もう二度と二階へ上がるんじゃねえ。そこの禿。お杉に、此糸の寝間着と打掛けを一枚よこせと伝えてこい。蔭八さん、座敷や部屋の物は此糸の物だと主張するかもしれないが、あんまりばかにされたもんだから、なにもかもよく調べた上で渡せると判断したら、引き渡しましょう。ひとまず今日は身柄だけをあんたに引き渡しますよ」

と言い捨てて奥に戻るのを見送ると、蔭八さんはこちらを向いて小声で言いました。

「親方ぶってえらそうな態度しやがって。花魁、むしろ願ったり叶《かな》ったりだな。少しの間、不自由かもしれないが、とにかくすぐに出よう」

と軽い調子で言う蔭八さんはさすがにこういうことには慣れた様子でした。

花魁は吉原屈指の人気者だから住み替えはいい話さ、とまで言い切って唐琴屋の中に駕籠を呼び、わたしは蔭八さんの家に引き取られたのでした。

なんだかやけにいい方向へと、わたしも出来事もさっさと運ばれた一件。なんとも不思議でしたが、舞台裏を知ったのはずいぶんと後のことでした。

わたしが立ち去った後、糸花は遣り手のお杉の部屋に呼ばれ、叱られるかと思いきや

「今の一部始終と住み替えにされるのは、ぜんぶ私の情けよ。鬼兵衛さんの考えじゃあ、いずれ此糸さんをおかみさんにして、後見人である自分に権威づけして旦那と呼ばれる算段だったんだから。それが無理でも、稼げる花魁だから、半さんは突き出しても此糸さんのことは今まで通り置くつもりだっただろうね。そうなれば、此糸さんは格下げになるか、無理に金を都合して新造出しでもする羽目になるだろうが、それもあんまりばかばかしい話だからねえ。花魁のためを思って、私が派手にぶちまけてやったのよ」

「そうだったんですね。ありがとうございます。それなら花魁の身の回りの物は」

「私が立ち会って調べるつもりでお座敷に行くから。あんたは先回りして、着替えやなにかは此糸さんと仲の良い花魁たちに内緒で預けておいで」

「櫛やなんかの挿し物はどうしましょう？」

「禿の花《はな》のによく言いつけて、質屋に持って行って、金にして浜の宿へ。バレないようにして持っていってやりなさい」

　と糸花に指示を出したのもお杉でした。

　まわりには非情と見せかけて、心のうちに情けを隠した遣り手は本当に珍しく、わたしに同情的ではない花魁たちも納得するように内緒でこんな計らいをしてくれたのでした。
それからお杉はわざと声を大きくすると
「まったく、おまえたちにめくら扱いされちゃあ、私の役が務まらないねえ。さあ、一緒に座敷に行くよ。花魁だけじゃなくておまえまでいやらしいことをしてないか調べなきゃ。帳場だけじゃなく二階のほかの花魁たちになにも言えないからねえ。もうぐちぐちした言い訳なんて聞きたくないよ」
と糸花の立場をも配慮して、叱りつける真似をしたのでした。

世の中の移り変わりはつねに激しくて、川竹の流れのごとき勤め女のわたしを留めてくれる浜の宿は、もとは吉原火災のときに仮営業するための長屋でした。

裏通りで日の当たらない土地にふさわしい名の蔭八は、遊女の保証人としては真面目で堅すぎるくらいの人柄。正直で、一途な男です。

だからこそ貧しく不自由な生活で、女房のお民さんがやりくりしているものの、蔭八が病にかかった上にわたしまで引き受けてしまったのだから、内心は大変な苦労でしょう。

吉原にいたときには、魚吉《うおきち》の仕出し屋の食事さえも飽きていた口に運ぶのは、するめの醤油焼き《しょうゆ》。浴衣の上に寝間着を着て、派手な蝦夷錦《えぞ》の帯なんてちぐはぐな格好をしていれば、近所の人たちもなにかと思って振り返ります。辰巳屋の貸し布団を柏餅《かしわもち》のごとく二つ折りにして眠り、駄菓子屋で買った菓子を吉原仲の町で売ってる最中《もなか》の月みたい、と讃《たた》えてみる。

そんな不自由な日々の午後に、お民さんがわたしのところへやって来て

「花魁。忘れてましたけど、さっき外へ出たら、船宿の兼八さんが延津賀さんからの言付けを頼まれたと言って、食事の入った蓋の容器とお金を渡してきて。裸のままの金では失礼だから、なにか花魁が食べたいものでも買って差し上げるように言われたんですよ。ほら、こんなに美味しそうなものが」

「それは、ご親切なことね。延津賀さんのところは遠いから、近ければ会いに行けるのだけど」

床についていた蔭八さんは病気にもかかわらず明るい笑い声をあげて

「これはいいことを言った。たしかに花魁の足じゃあ難しいな。ここから延津賀さんのところまでなら、仲の町を半分道中するほどかかるしな」

と言われたので、わたしはびっくりしました。

「そんなものなのね。てっきり、もっとずっと遠いものかと」

「このお金は花魁に渡しておきますよ」

とお民さんが言うので、わたしは遠慮して首を振りました。

「冗談よして。わたしが持っていても仕方ないから。お民さん、それでなにか好きなものを買ってください」

「それじゃあ、悪いですよ」

「お民、つまんないこと言うな。延津賀さんの親切は、芸者にはたしかに珍しいことだけどな。わずかな金を花魁に持たせたって始まらないよ。今に誰かが来て、泣き言でも言うか困った話でもしてみれば、それこそ自分のことは忘れて、お金を持っていけと言ってあげてしまうさ。延津賀さんがなんか買ってやるようにと言ったのは、おれのところが苦しいのを察してのことさ」

「まあ、そうかもしれないですね」

と言い合う二人の会話よりも、わたしが心惹《ひ》かれたのは蓋のついた容器の中身でした。

「わたしが好きな物をくれたのね」

つい微笑んでしまいました。

花魁というのは、色気を漂わせつつも隙はつくらず、です。どんなに立派な食事が出てきたところで、ゲジゲジほどには驚かずに落ち着いて見せるものなのだけど、このときばかりは思わず無邪気に喜んでしまいました。

「本当ですねえ。ほら、あなた。白魚と卵を炒《い》りつけて、海苔《のり》まで混ぜて、下ろせるように山葵《わさび》の皮まで剝《む》いてある」

「そんなにびっくりするもんじゃないだろう。二十キロもありそうな薩摩《さつま》芋《いも》の話でも聞いたみたいに」

「人聞きの悪い。そんなにびっくりなんてしてませんよ」

「ああ言えばこう言うで、やかましいぞ。それより早くお茶を淹《い》れて。花魁にこれで茶漬けでもあげる準備をしてくれ」

「はいはい。まったく、すぐに小言になるから、いやだ」

「いやだあ、なんて若い娘みたいな口のきき方して、あつかましいんじゃないか」

「もう、このへんにしてくださいね。だけど、わたしも早く夫婦喧嘩がしてみたいものね。そうなったら、なんて嬉しいことだろうって思うけれど」

「いやあ、花魁たちや娘子供の考えでは、慕ってる男と早く一緒になって、時々は拗ねたり喧嘩したり、さぞ楽しみだわ、なんて当たり前のように思ってるだろうけどさ。これで子供でもできてみれば、どれだけ立派なご新造さんでも色気も恋の気分も冷めて、あれがかつてのと、びっくりされるようになるのさ。貧乏所帯なんて持った日には、町内の若い衆がどれだけ夢中になった娘でも、すぐにでかい腹を抱えて味噌《みそ》こし持って、右の袂には焼き芋を八文分も買って歩くようになるんだ。そうして、まだ島田でいられたものを、と後悔して泣く羽目になるのさ。しかし今の娘は親の躾《しつけ》が悪いから、早く亭主を持って子を産むのを恥ずかしいことじゃなく手柄のように思ってる。それを考えると女郎衆は十中八九子供は産まないわけだから、通な人ほどとかく花魁たちを囲いたがるわけだ」

などと話しているうちに、弁天山の午後四時の鐘が鳴り響きました。

「あら、もう四時になりましたねえ」

「なにが、あら、だ。昼と夕飯が一緒くただ。花魁がいくら朝遅かったとはいえ、これじゃあ腹が空いて仕方ないだろう」

わたしは、いいえ、と首を横に振り

「じつは、そんなに。さっきからずっと胸が痛くて」

と打ち明けました。

「また半さんのことで塞いでたのか？　大丈夫だって。今にどうにかなるさ。とはいえ今日あたり半さんがここに来たっていいような気もするけどなあ」

「きっと、わたしがこうなったことも知らず、まだ唐琴屋で暮らしていると思っているのかも。そもそもこんな目に遭ったのはあの女のせいだと恨んでいるのかもしれないですね」

恋の愚痴を漏らしているうちに悲しくなって、もとは気丈なタチではあるものの、とうとう涙をこぼしてしまいました。

「どんな手を使っても、たとえば友達に頼んだりして花魁の居所を聞きつけて来ると思うよ」

「だけど便りがないのは、もしかしたらこの前のときに打ちどころが悪くて、帰る途中か自宅で万が一のことがあったんじゃないかと、心配で仕方なくて」

「大丈夫だよ、それほどのことにはきっとなってないよ」

などと相談しているうちに、お民さんが食事の支度をしてくれました。

「ところで、その半さんの住まいは今どこなんだ。やっぱり根岸か？」

「いえ、違います。矢義《やぎ》の城《しろ》さんのところにかくまってもらっているはず」

「じゃあ、その城さんってお宅はどこに」

「たしか巣鴨《すがも》のほうに」

「それなら訪ねるのも簡単にはいかないか。困ったな」

と言っていると、障子の外からまだ若くてあどけない娘の声がしました。

「あの、ごめんください」

「はい、どなた?」

とお民さんが返事をしました。

「あの……よく吉原遊郭に出入りしている蔭八さんのお宅は、こちらでしょうか」

「なんだろうな。若い娘の声だけど、知らないな」

と蔭八さんが首を傾げました。わたしは吉原と聞いて、ここにいることがバレないようにさっと二階へ上がって隠れました。

「こちらへどうぞ。おあがりください」

お民さんがその娘を招き入れる声が聞こえました。

「どうぞ遠慮なくこっちへ。あれ、どこかでお顔を見たような」

「はい、おひさしぶりです。私、唐琴屋の」

「ああ、えっと名前は、そうだ。お長さんか」

「はい」

と頷くので、わたしも内心びっくりしました。

「そうか。失礼しました。ちょっと病気をしてたもので。少し見ないうちに、また美しくなられて。お民、お茶だ。どうして訪ねて来られたんですか？　そうだ、今はどちらに」

「小梅のほうにいます」

「はあ、それでおれに用事ってわけでもないと思いますが。ああ、廓に使いにでも行く途中ですか？」

「いいえ、そうじゃなくて」

お長さんはしばし言いづらそうに口ごもったものの、思い切ったように
「私、ちょっと頼みたいことがあって来ました。あの、私をどこかのお店に紹介してください」

と言い出したのです。

「えっ⁉　なんだって。そりゃ、とんだ話だ。いくらお長さんがあの中で育ったとはいえ、そんなことを藪《やぶ》から棒に言い出すなんて、なにか事情があるんでしょう。いったいどうしたんですか」

「少し、お金が必要になって」

「じゃあ、その金のわけと状況を話してもらえませんか。なににしてもいい話じゃないが、たいがいのことなら、そこまでしなくてもほかにも手が」

「いえ、あの、今は私はすっかり自由の身だから、誰も文句を言ったり心配する人もいないいんです」

「それで、なんでまた金が必要なんです?」

「……それは、前に唐琴屋にいたおにいさまが、今度わけあってようやく本当の家に復帰されることになって、色々とお金がいるから、それを私が」

という語りに、思わずわたしも二階から下りて、ひさしぶりにお嬢さんとの再会を果たしたのでした。どうしてそんなことになってしまったのか、まったく見当もつきません。

「お嬢さん。本当にひさしぶりですね」

「あ、花魁。どうしてここに。なんだか痩せたけど。ずいぶん苦労したみたいに」

「そうかもしれません。この間から色々と心労が重なって。ところでどうしてお嬢さんはここへ」

と尋ねてみると、なんでも丹次郎さんが本家へ出入りを許されて立身する手土産に、松兵衛が横領したお金を少しでもいいから取り戻したいという本音を聞き、そのお金をつくるためにお嬢さんが身を売って貞操と義理を証明するというのです。

わずかな間に二度も身を売ろうとするなんて、いつの間にここまで覚悟の据わった女になったのか。それゆえに哀れに思う気持ちもひとしおでした。
「花魁、どうして私、こんなに苦労する運命なんだろう。花魁の苦労は、やっぱり半さんのこと?」
「そうです、お嬢さん。それに今までとは違って悔しい目に遭いましたから、未だに胸が痛くて」
とわたしは苦しみを打ち明けました。お嬢さんと長いこと身の上を語り合っていたところに、外から雪駄《せった》の音が聞こえて
「蔭八さんのお宅はこちらでしょうかね」
と声がしました。お民さんが、はい、と答えると
「それなら、ちょっと失礼します」
と入って来たのは桜川でした。わたしが真っ先に
「善孝さん」
と声をかけると
「花魁。ありがたい、あんたがいればすぐに話が分かる。それにしたって花魁、ひどい災難だった。自分はちっとも知らなかったんですがね。この前、千葉之助様の分家の千葉半之丞様って方のお屋敷に呼ばれましてね。初めて召される上にこれまでもご

縁なんてなかったわけで、おかしいなあ、と思っていたら、旦那様はなんと根岸の半さんだというから、肝を潰しましたよ。なんでも話を聞けば、これまでは長男でもなく病気の身でもあったために若隠居していたところ、急に親御さんもお兄様も亡くなりましてね。半さんが家督を継がれたとか。それで花魁のお世話をおれに任されたので、さっそく唐琴屋に掛け合いに行ったら、とんだことになっていてまたまたびっくりして、今日ここに来たってわけです」

「まさか、そんなことに。だから、半さんから便りがなかったのね。それで、唐琴屋のほうは」

「まだなにもこっちではご存じないわけか。花魁のことじゃないですがね、大変なことになったんですよ」

「え、いったいなにが」

「いやあ、おそろしい話ですよ。今の後見人ですがね、あいつは古鳥左文太っていう泥棒のお頭だったんですよ」

「え⁉　本店《ほんだな》からつけられた鬼兵衛が、泥棒」

とお嬢さんもびっくりしたように訊き返しました。

「どうして知れたかというと、木場の藤さんの家にいた松兵衛の五四郎とかいうやつを重忠様が引っとらえて、そこからだんだん明るみになったわけですよ。なんで、どうにも唐琴屋はもう難しく、取り潰されるって噂だ。ところが今またほかの話では、榛沢六郎様が前から探していた娘っていうのが、唐琴屋の家付き娘と判明しましてね。もともと鬼兵衛は後見人にすぎないわけだから、楼にはおとがめはなく、家財はその家付き娘と本店にくださるなんて話も耳にしてますよ。そうすれば花魁もやっかいな交渉なんてしなくても落ち着くでしょう。いずれ花魁は半さんのもとへ嫁ぐことになるわけだし」

「そうなったら、本当に嬉しいけど……」

とわたしは信じられない気持ちで呟きました。

「そのお気持ちさえあれば、俺がじかにカタをつけましょう。しかし自分はこの本の作者にでも恨まれてるんですかね。野暮なところにばかり引っ張り出される役回りだ。しかし、これではっきり善悪のけじめがついておめでたい。いずれなにもかも上手くおさまりましょう」

という言葉に、わたしとお長お嬢さんは手を取り合い、春の色のように頬を染めて、ようやく開いた梅の花のごとく喜びをいっぱいに咲かせたのでした。

その後のことは、あえて語るのも野暮かと思いますが、わたしが一応綴《つづ》っておきます。

小梅のお由さんは無事に藤さんの妻になり、わたしは半さんの元へと嫁ぎました。お嬢さんは六郎成清様の調べによって正式に近常様の子供だということが分かったので、丹次郎さんがお世話になった恩もあるし、身持ちも堅く清廉潔白なお嬢さんだということから、丹次郎さんが名字を受けて榛沢家を継ぐことになると、晴れて本妻となりました。

また米八も並々ならぬ丹次郎さんへの一途な想いを認められ、父六郎様に許されて、側室として迎えられたのです。

それぞれに仲睦《むつ》まじく暮らし、新造の糸花や遣り手のお杉たちはいずれも末永く栄え、悪人たちは罰せられて、わたしたち四人は、お由姉さんを長女として、二番目にわたし此糸、三番目に米八、末っ子にお嬢さんという形で姉妹の約束を交わし、後世まで香り続ける梅の木の実のごとく子宝も多く授かったことを最後に記して、梅の香のごとく甘く清々《すがすが》しい気持ちでこの物語をしめくくりたいと思います。

あとがき

命がけの女たち

本作『春色梅児誉美』の作者である為永春水《ためながしゅんすい》は、天保時代の小説家である。当時、人情本を書いて大ヒットをおさめた、いわゆるベストセラー作家だった。

正直に言えば、この現代語訳の話をいただいた当初、私は本作のことを知らなかった。

そこで、すぐに本を読み、内容の面白さに驚いた。現代にも通じる（というより、ほとんど変わらないといっても過言ではない）米八や丹次郎たちの恋愛模様、ユーモア溢れる丁々発止、色と情に精通した細やかな解説、読者が胸をなで下ろす勧善懲悪のハッピーエンド……作者のサービス精神には恐れ入る。江戸時代の読者を虜にした本作は、紛れもない一級のエンターテインメント小説である。

とはいえ現代の価値観にそぐわないところも多々ある。物語の締めくくりとして語られる女四人の穏便な後日談は、やや作者の理想が過ぎるように思える。一方で、花魁や米八の立場を考えれば、当時としてはこれが最善の結末であったことも理解できる。

そのような俯瞰的視点と、物語を純粋に楽しむことは、両立されるべきものと私は考える。その時代の価値観を読み手自身がどう咀嚼し学びとするかが、一つ、現代人が古典に触れる意味でもあると思うからだ。

これはもっとも重要な点だが、本作は元々、各登場人物の一人称小説ではなかった。原文では、米八も、お長も、丹次郎も、好々爺のごとき作者の目線から語られている。

本来はそのまま現代語訳するのが適切ではあるが、編集部とも相談し、今だからこそ当時の女たちの立場や心境をより近い距離から読者に感じてもらいたいと考えて、訳すときにそれぞれの登場人物の一人称に書き換えた。そのため本作は現代語訳を通り越して、改変と呼ぶほうがふさわしいかもしれない。

描写自体は細部まで取りこぼすことなく本文に入れ込んだが、多少無理が生じたところは、一部、割愛した。長唄や和歌は心情を鮮明に映す小道具でもあるため、できるだけ流れを壊さないように注意しつつ会話に置き換えたりした。註釈をつけない代わりに、現代において分かりにくい表現は文章内で説明を加えた。
一部、原文と現代語訳を比較してみる。

米八はちよいと膝を脇へよせ
「ア、モシ藤さんあんまりいろ〳〵なことを大きな声でいわねへでもいゝじやアないかへ。しづかにお言なせへなト、三味線をとつて爪弾に、
〽明の鐘ごんと突きや気のきいた烏サアざいもくのうへで楊枝をつかふそれにこけめが朝なをし
嗟呼疳癪のしのびごま、看官汐合のほどをはかりて、よろしくおかぶらの足を洗ひ、引込時ぶんの間を見合せ、野暮と化物にたとへらるゝことなかれ。
以下、該当する現代語訳である。
あたしは膝をすっと寄せて

「藤さん、そんなに色んなことを大きな声で言わなくてもいいでしょう。静かに言えばいい」
と三味線を取って、爪弾き唄った。

午前六時の鐘を聴いた烏たちは
気をきかせて材木の上で楊枝を使う
午前六時の鐘を聴いたおばかさんは
気がきかなくて朝直し

化け物も引っ込む時分なんて諺もあるくらいなのに。口説きの引き際や潮時も分からないなんて、藤さんは野暮か化け物にでもなってしまったのだろうか。

また此糸が初めて登場する場面では

九年なに苦界十年花衣、さとつて見れば面白き、色の浮世の其中に、色を集へし一廓、盛久しきこの里に、唐琴屋とか聞えしは、いと賑はしき家なりしが、主夫婦死去て……

という原文に対して

九年なに苦界十年花衣、とはよく言ったものですね。インドのお坊様が九年坐禅し続けたとして、色と業の栄える世界で生きるわたしたち遊女の物分かりと悟りに比べたら、どれだけのことを知ることができるでしょう。

そんな吉原でも繁盛していた唐琴屋の旦那さんとおかみさんが亡くなって……

という一人称に置き換えている。

米八、此糸、お長、お由はそれぞれに愛した男に操《みさお》を立てて、自分を犠牲にしても尽くす。丹次郎は甲斐性がなくて口先ばかりの色男だが、古今東西こういう男性ほど女性が離れないのも、また真実かもしれない。遊び慣れていて男気のある藤兵衛が、お由のような浮ついたところのない堅気の女性と最後は夫婦になるのも一つの男女の典型と言えるだろう。

実際の吉原の女たちは、こんなに物分かり良くはなかったかもしれない。江戸時代には感染症の治療薬も抗生物質もなく、病によって命を落とすことも日常茶飯事で、悲惨な出来事などきっと数えきれないほど溢れていた。その分、女たちも生き永らえるために賢く立ち回ることが必要だったと思われる。

本作を訳すにあたって読んだ資料『図説　浮世絵に見る江戸吉原』の中で、最も印象的だったのは、男に対して遊女が「まこと」を示すために行う「心中立て」である。客を繋ぎとめるための技でもあるが、その方法は「誓詞《せいし》、放爪《ほうそう》、断髪、入墨、切指、貫肉」と体を傷つけるものが多く、容易ではない。

中でも切指は、実際に小指を切り落とすため、気絶を伴う凄惨なものだったと伝えられている。もちろん全員が本当に指を切り落としたわけではなく、女の死刑人の指や細工した人工物などを用いることもあったという。本当に遊女が指を切った場合でも、十人の客にいっぺんに証拠として送るときには九本は偽物だったという逸話も残っている。とはいえ、その覚悟には言葉もない。

今回の翻訳には『日本古典文学大系64　春色梅児誉美』（中村幸彦　校注）を使用した。本作を訳すにあたっては、佐藤至子先生にご指導いただきました。また、完成まで河出書房新社の方々に大変お世話になったことを、この場を借りて、あらためてお礼申し上げます。

優れた物語には、その時代の人の生き様がかならず映し込まれている。現代語訳を通して、読者がその片鱗に触れることで、古典への新しい扉が開くことを願っている。

参考文献

・『古典日本文学全集28　江戸小説集（上）』収録　里見弴　訳「春色梅児誉美」　筑摩書房

・『現代語訳　日本の古典25　江戸小説集Ⅱ』収録　舟橋聖一　訳「春色梅暦」　河出書房新社

・『浮世絵に見る江戸吉原』藤原千恵子　編　河出書房新社

・『浮世絵図鑑　江戸文化の万華鏡』安村敏信　監修　平凡社

解題

佐藤至子

人情本の代表作

『春色梅児誉美』は為永春水《ためながしゅんすい》によって書かれた人情本《にんじょうぼん》である。全四編からなり、初編・二編は天保三年（一八三二）に、三編・四編はその翌年に江戸の西村屋与八と大島屋伝右衛門から出版された。

為永春水は文政・天保期を代表する戯作者《げさくしゃ》の一人であり、本名は鷦鷯貞高《ささきさだたか》、通称を越前屋長次郎といった。青林堂という書肆を経営していたこともあり、講釈師として寄席に出た経験もあったという。

『春色梅児誉美』は春水の代表作であるだけでなく、人情本の代表作でもある。人情本は文政期から明治初頭にかけて出版された風俗小説で、その源流の一つは遊里文学といわれる洒落本《しゃれぼん》である。色恋をめぐる人間模様が描かれていること、会話が話しことばで書かれていること、登場人物の衣服が細かく描写されていることなど、人情本が洒落本から受け継いでいる要素は多い。

一方で、両者には違いもある。洒落本が吉原や深川などの遊里における遊女と客のあいだの色恋を主に取り上げていたのに対し、人情本で色恋の主体となるのは市井の人びとである。『春色梅児誉美』に即して言えば、物語の中心となる人物はかつて唐《から》琴《こと》屋の養子であった丹次郎、芸者の米八、丹次郎の許嫁のお長の三人である。作中には遊女の登場する場面もあるが、それは作品全体の一部分にとどまっている。

さて、『春色梅児誉美』には多くの人物が登場し、その人間関係は少々複雑だが、吉原の遊女屋（年季奉公で遊女を抱え、客を遊ばせる家）である唐琴屋を中心に考えると整理しやすい。

まず、丹次郎は唐琴屋の養子だったが、物語が始まった時点では唐琴屋を出ており、夏井家の養子になっている。お長は唐琴屋の娘で、両親は既に亡く、番頭の鬼兵衛から逃れるために家を出る。米八は唐琴屋で雇われていた芸者で、物語のはじめの方で唐琴屋を離れ、独立して営業する芸者となる。

此糸は唐琴屋の遊女で、米八の住み替えやお長の家出を手助けする。藤兵衛は此糸の客であり、米八の客でもある。また、物語の中盤でお長は浄瑠璃語り（娘義太夫）

となり、お熊の家に抱えられるが、お熊はかつて唐琴屋で雇われていた遣り手《やて》（遊女屋で遊女の世話や監督などをする奉公人）であった。

ごく簡単にまとめれば、『春色梅児誉美』は唐琴屋を生活や仕事の場としていた人びとが唐琴屋の外に出て、さまざまな出来事を経て縁を結び直したり、新たな人間関係を構築したりする物語であるといえよう。遊女の此糸でさえも、物語の終盤では唐琴屋をあとにすることになる。

三角関係とメロドラマ

『春色梅児誉美』の見どころの一つは、丹次郎・お長・米八の三角関係のなりゆきである。お長と丹次郎が路上で偶然に再会し、鰻屋の二階で楽しい時間を過ごしたのもつかの間、米八が芸者仲間の梅次と一緒にやって来て、丹次郎をはさんでお長と火花を散らす場面は、とりわけ印象深い。

お長と米八は、もともとは唐琴屋のあるじの娘と使用人という関係にあるが、この場面では、米八は自前で稼いでいる芸者であり、中の郷に逼塞している丹次郎を援助する経済力もある。一方、お長には経済力はないが、丹次郎の許嫁という立場がある。米八は「お長さんの分のお世話まで、あたしがしましょうか？」と言い、お長は「うちで使っていた芸者に、おにいさまと二人そろって世話になるわけにはいかないから」と言い返すが、これは相手に対する自分の優位性を露骨に主張し合っているのである。

いさかいのそもそもの原因である丹次郎は何も言わない。梅次が間に入って何とかその場は収まり、丹次郎はお長を連れて鰻屋を出て行く。米八は丹次郎の背中をつねり、丹次郎は苦笑いして捨てぜりふを言う。この丹次郎の態度は実に無責任なものだが、恋愛の場ではいかにもありそうなことと思わされもする。人情の機微をたくみにとらえた描写が、物語の世界に確かなリアリティーを与えている。

作中には、他にもメロドラマ的要素が見いだせる。丹次郎には多額の借金の問題が常につきまとっており、お長にも次々と災難がふりかかる。お長は鬼兵衛から逃げ、相模国の金沢に行く途中で悪者たちに襲われそうになり、浄瑠璃語りになった後もお態にいじめられ、しつこい客に悩まされる。これらの事態をどう切り抜けていくのか、読者ははらはらしながら読み進めることになる。

お長は作中で最も変転の激しい人生を送る人物であり、その行動を支えているのは丹次郎への一途な思いである。米八らと関係を持っている丹次郎はお長に対して誠実であるとは言えず、お長も嫉妬の気持ちを隠してはいないが、丹次郎を見限ることはない。こうした非対称の関係をどう考えるかは、読者の一人ひとりにゆだねられている。

虚構と現実

作中に深川の芸者や吉原の遊女が登場することからも明らかなように、『春色梅児誉美』は当時の現代小説——江戸の〈いま〉を描いている小説である。そのことは、江戸で実際に出版されていた本や当時実在した芸人の名前が作中に出てくることからも実感される。

例えば、船宿の二階で藤兵衛と米八が口げんかをした後、藤兵衛が座敷を出て行く場面を見てみよう。藤兵衛は「まるであの『辰巳婦言』の藤兵衛だ」と言って去って行くが、この『辰巳婦言』は式亭三馬《しきていさんば》によって書かれ、寛政十年（一七九八）に刊行された洒落本のタイトルである。『辰巳婦言』で舞台となっているのは深川の遊里で、客の一人として藤兵衛という男が登場する。

また、お長がお熊から心ない言葉を浴びせられている時に、梶原の屋敷から使いの男がお長を迎えに来る場面では、その男が「今日はお客様よりも芸者衆のほうが多いくらいです」と言い、桜川善好、桜川新好、竜蝶、柳橋などの名前をあげている。桜川善好と桜川新好は幇間《ほうかん》（太鼓持ち）であり、竜蝶は落語家の司馬竜蝶、柳橋も同じく落語家の麗々亭柳橋のことで、いずれも実在した芸人である。『春色梅児誉美』が出版された当時の読者には、虚構の物語の世界がぐっと現実味を帯びて感じられたことだろう。

その一方で、畠山家、梶原家、誉田次郎近常、榛沢六郎などは、浄瑠璃や歌舞伎などでなじみのある鎌倉時代の武家の名前が取り入れられている。当時の江戸では、一枚絵や草双紙《くさぞうし》類に天正の頃から後の武者の名前や紋所などを表現してはならないという規制があり、天正年間（一五七三～九二年）以降の武士の名を作中で使うことができなかった。この規制に抵触しないように、明らかに天正より古い時代のものとわかる名前が使われたと考えられる。

『春色梅児誉美』のその後

為永春水は、『春色梅児誉美』の主要人物を『春色辰巳園《たつみのその》』（天保四～六年刊）で再び登場させ、その後も『春色恵《めぐみ》の花』（天保七年刊）、『春色英対暖語《えいたいだんご》』（天保九年刊）、『春色梅美《うめみ》婦禰《ぶね》』（天保十二～十三年刊か）といった関連作品を執筆している。『春色梅児誉美』の物語が当時いかに好評だったかがうかがわれる。

しかし、色恋のてんまつを描く人情本はみだらなものと見なされ、天保の改革下で当局から厳しい弾圧を受けることとなった。天保十三年に為永春水は手鎖を命じられ、版元は過料などの処分を受けた。

江戸時代は多くの読み物が流布する時代であった。小説を楽しむ大勢の読者、作品を量産する作者と版元、それらを取り締まろうとする行政――人情本をめぐる出来事の向こうには、当時の現実社会における娯楽小説をめぐる状況がまざまざと見えるのである。

（近世文学研究者）

本書は、二〇一五年一一月に小社から刊行された『好色一代男／雨月物語／通言総籬／春色梅児誉美』（池澤夏樹＝個人編集　日本文学全集11）より、「春色梅児誉美」を収録しました。文庫化にあたり、一部修正し、あとがきと解題を加えました。

春色梅児誉美《しゅんしょくうめごよみ》

二〇二四年 二 月一〇日 初版印刷
二〇二四年 二 月二〇日 初版発行

訳 者 島本理生《しまもとりお》
発行者 小野寺優
発行所 株式会社河出書房新社
〒一五一−〇〇五一
東京都渋谷区千駄ヶ谷二−三二−二
電話〇三−三四〇四−八六一一（編集）
〇三−三四〇四−一二〇一（営業）
https://www.kawade.co.jp/

ロゴ・表紙デザイン 粟津潔
本文フォーマット 佐々木暁
本文組版 KAWADE DTP WORKS
印刷・製本 中央精版印刷株式会社

Printed in Japan ISBN978-4-309-42083-7

河出文庫 古典新訳コレクション

古事記　池澤夏樹〔訳〕
百人一首　小池昌代〔訳〕
竹取物語　森見登美彦〔訳〕
伊勢物語　川上弘美〔訳〕
源氏物語1〜8　角田光代〔訳〕
堤中納言物語　中島京子〔訳〕
土左日記　堀江敏幸〔訳〕
枕草子1・2　酒井順子〔訳〕
更級日記　江國香織〔訳〕
平家物語1〜4　古川日出男〔訳〕
日本霊異記・発心集　伊藤比呂美〔訳〕
宇治拾遺物語　町田康〔訳〕
方丈記・徒然草　高橋源一郎・内田樹〔訳〕
能・狂言　岡田利規〔訳〕
好色一代男　島田雅彦〔訳〕
雨月物語　円城塔〔訳〕
通言総籬　いとうせいこう〔訳〕
春色梅児誉美　島本理生〔訳〕
曾根崎心中　いとうせいこう〔訳〕
女殺油地獄　桜庭一樹〔訳〕
菅原伝授手習鑑　三浦しをん〔訳〕
義経千本桜　いしいしんじ〔訳〕
仮名手本忠臣蔵　松井今朝子〔訳〕
松尾芭蕉おくのほそ道　松浦寿輝〔選・訳〕
与謝蕪村　辻原登〔選〕
小林一茶　長谷川櫂
近現代詩　池澤夏樹〔選〕
近現代短歌　穂村弘〔選〕
近現代俳句　小澤實〔選〕

＊以後続巻
＊内容は変更する場合もあります